삶의 쉼표가
필요할 때

퇴사 후 428일간의
세계일주

삶의 쉼표가
필요할 때

퇴사 후 428일 간의
세계일주

延 series

꼬맹이여행자

아
침
놀

잃어버린 색을 찾아서

조금만 버티면 모든 게 괜찮아질 거라고 생각했다. 내 앞을 가로막는 것들을 있는 힘껏 뛰어넘었고, 그렇게 몇 번의 뜀박질을 하고 난 후에도 여전히 많은 벽들이 서있었다. 얼마나 더 가야 하는 걸까. 아니, 끝이라는 게 있기는 한 걸까.

어렸을 적 상상했던 20대는 마냥 빛날 줄로만 알았는데. 더 이상 내일이 기대되지 않는 나의 세상은 무채색이었다. 이런 삶을 지속하다가는 내가 누구인지조차 잊어버릴 것 같았다.

잃어버린 색을 찾고 싶었다.

안정적인 직장에 들어가 다달이 들어오는 월급을 받는 것이 최고라 여겨지지만 버티는 삶을 살고 싶지는 않았다. 대단한 삶을 바랐던 것은 아니었다. 그저 이끌리듯이 살아가는 게 아니라 내가 온전한 행복의 주체가 되어 살고 싶었다. 그러기 위해서는 지금 쉼표가 필요했다.

그렇게 5년간 근무했던 직장을 퇴사하고 428일간 6대륙 44개국을 떠돌았다. 길 위에서 만난 이들은 다양한 언어로 용기를 속삭여주었다. 그들의 세계는 조금씩 내게 스며들었고, 비로소 내 하루는 다양한 색깔로 물들어가기 시작했다.

나의 이야기가 떠나고 싶은 이에게는 용기를,
위로가 절실한 이에게는 폭신한 품을 내어주는
그런 따뜻한 책이 되었으면 좋겠다.

오늘을 힘겹게 살아내던 시절의 나에게,
그리고 당신에게 이 책을 바칩니다.

꼬맹이여행자
장영은

불확실한 청춘의
한 가운데를 지나는 당신에게,
푸르렀던 마음을 담아.

삶의 쉼표가 필요할 때 R Edition

"여러분의 사랑으로 R edition을 발간하게 되었습니다. 감사합니다."

3부. 새로운 계절이 돌아오면

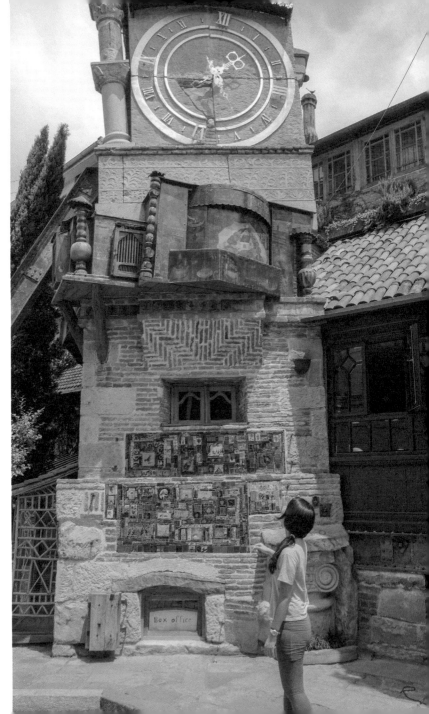

1부

한 마리의 새가 되고 싶었던 날들

밤하늘에는 수많은 별들이 반짝이고 있어요
그런데 실은 눈에 보이지 않는 별들이
더 많다는 것을 알고 있나요

지구가 아니라 명왕성에 있었더라면
그 별들이 더 반짝였을지도 모르죠

그러니까 슬퍼하지 말아요
누군가가 바라본 당신은
충분히 빛나고 있으니까요

"아빠 없이 자란 아이라는 말을 듣지 않으려면 열심히 공부해야 해."

아버지와 이혼하시고 일곱 살부터 홀로 나를 키우신 어머니께서 누누이 하신 말씀 때문일까. 나는 어렸을 적부터 목표가 뚜렷했다. 좋은 대학에 가서, 이름만 들으면 누구나 아는 대기업에 취업을 한 다음, 나와 같은 안정적인 사람을 만나 결혼을 하는 것. 인생에는 수능, 대학, 취업, 결혼처럼 매 순간 넘어서야 할 단계가 정해져 있다고 생각했으니까. 그래서 특성화고등학교 진학을 선택했다. 특별 전형을 활용하면 똑같은 수능 점수를 받아도 인문계 고등학교에 진학한 것보다 더 좋은 대학에 갈 수 있었기 때문이다.

삶은 언제나 예기치 못한 방향으로 흘러가기 마련이다. 대학에 가기 위해 열심히 공부하던 중 고졸 취업이 다시 활성화되기 시작했다. 갈수록 증가하는 실업률에 대한 해결책으로 정부가 내놓은 정책이었다. 내가 고등학교 3학년이 되던 해였으니 운

명이었을지도.

　나름대로 착실하게 공부를 해 온 터라 은행이나 각종 대기업의 취업 공고가 들어오면 선생님께서는 가장 먼저 나를 찾았다. 처음에는 대학 진학 외에 다른 길은 생각해 본 적이 없어 계속 거절했다. 하지만 문득 이런 생각이 들었다.

　'어차피 대학에 가더라도 취업을 해야 한다면 취업부터 하는 것이 더 빠른 성공을 이루는 것 아닐까?'

　얼마 지나지 않아 금융공기업의 채용 공고가 나왔다. 이번에는 선생님들이 권유하기도 전에 내가 먼저 지원하겠다고 말했다. 그 후 수능 공부만 해왔던 나는 펜을 잠시 내려놓고 자기소개서를 쓰고 면접 준비를 하기 시작했다. 전국에서 딱 다섯 명만 뽑는다는 금융공기업의 합격자 발표 날, 그 안에는 내 이름이 들어있었다. 학교에는 현수막이 붙었고 언론사에서 취재하겠다고 인터뷰 요청도 왔다.

　그때는 초콜릿을 한 입 베어 문 것처럼 달콤하기만 했다. 입안 가득 적셔오는 달달함 뒤에 쓴 맛이 밀려오고 있다는 것도 모르고.

청춘을 지우던 날

취업 준비라는 긴 마라톤을 무사히 완주하고 결승점에 골인했다. 안도의 한숨을 내쉬는 내 눈 앞에 펼쳐진 것은 새로운 경기장이었다. 끝도 보이지 않는 아주 큰 경기장. 직장은 학교가 아니었다. 모르는 것이 있으면 세세하게 가르쳐주던 선생님은 더 이상 곁에 없었다. 하루가 모자랄 만큼 바쁘게 돌아가는 회사 안에서는 스스로 부딪히고 깨지면서 업무를 파악해야 했다.

인간관계 또한 골칫거리였다. 학창 시절에는 나와 맞지 않는 친구가 있으면 가깝게 지내지 않으면 그만이었다. 하지만 회사에서는 좋으나 싫으나 매일 웃으면서 누군가를 대해야 했다. 말 한마디의 위력도 실감할 수 있었다. 누군가 점심시간에 농담으로 건넨 이야기는 메신저를 타고 단 하루 만에 모든 사람들이 아는 가십거리가 되었다.

매일 똑같은 하루가 반복되면서 활기차고 웃음이 넘치던 나는 사라졌다. 대신 그 자리는 기계적인 미소를 띤 채 하루 종일 엑셀과 씨름하는 직장인으로 채워졌다. 아침마다 만원 지하철에 억지로 몸을 구겨 넣으며 애써 스스로를 위로했다. 모두가 이렇게 사는 거라고, 그러니까 견뎌야 한다고. 하지만 얼마 못 가 그 결심마저 무너져버리고 말았다.

매니큐어를 바르고 회사에 간 날이었다. 교복을 벗고 갓 스무살이 되면 머리도, 화장도, 손톱도 마음껏 꾸며보고 싶을 때가 있는 법이니까. 그런데 회식 자리에서 우연히 내 손을 본 선배는 나를 꾸짖었다.

"너는 회사에 어떻게 이러고 다닐 수가 있니?"

매니큐어를 지우며 이런 생각이 들었다. '매니큐어 하나 내마음대로 바를 수가 없다니……. 앞으로의 나는 할 수 있는 일과 할 수 없는 일이 명백히 구분된 삶을 살아가겠구나.'

또래 친구들은 대학에 가서 자유로운 삶을 즐기는데, 상사의 기분을 맞추기 위해 소주 한 잔이라도 더 마시려 애쓰는 내가 갑자기 처량해 보였다. 자꾸만 눈 앞이 흐려진다.

오늘 지운 것은 매니큐어였을까, 나의 20대 청춘이었을까.

,

보통의 존재

우리가 미덕이라고 여기는 것들이 있다. 대중교통 안에서 노약자를 위해 자리를 양보하는 것, 어른과 반주를 할 때는 고개를 돌려 술을 마시는 것, 함께 음식을 먹을 때 마지막에 남은 한입 분량은 손대지 않고 남겨두는 것.

그럼 직장생활에서 미덕은 무엇일까. 튀지 않는 행동을 하며 있는 듯 없는 듯 사회생활을 하는 것. 그게 오랫동안 회사를 다닐 수 있는 길일지도 모른다. 그런 생각이 든 것은 어리고 덜 배웠다는 이유로 나를 받아들이기 어려워하는 사람들을 마주하면서였다. 분명 같은 사원으로 들어왔는데 내 이마에는 '고졸'이라는 주홍글씨가 새겨져 있었다. 다른 사람과 똑같은 실수를 해도 역시 '고졸이라서 그래'라는 냉담한 시선이 꽂혔으니까.

용기를 내 주위 사람들에게 힘들다고 털어놓으면 배부른 소리를 한다는 비난이 돌아왔다. 어린 나이에 좋은 회사에 들어간 것을 복 받은 줄 알라면서. 합격 소식을 듣고나서 특별한 사람이 된 것 같아 우쭐했던 내가 바보 같았다. 이제는 사람들의 시선을 피하기 위해 평범해지고 싶었다. 하지만 아무리 발버둥쳐도 나는 태생부터 다른 미운 오리 새끼였다. 그래서 대학에 가야겠다는 생각이 들었다. 대학 졸업장이 사람의 가치를 판단할 정도로 중요하게 여겨진다면, 학위를 딴 후에는 회사생활이 달라질 것 같았기 때문이다. 그래서 입사 3년차에 일과 학업을 병행하는 특성화고졸재직자전형을 통해 대학에 입학했다.

일과 학업을 병행한다는 것은 말처럼 쉬운 일이 아니었다. 정신없이 회사 업무를 하다가 6시가 되면 야근을 하는 사람들 속에서 눈치를 보며 슬그머니 빠져나왔다. 늦지 않기 위해 저녁도 못 먹고 학교로 향했고, 밤 10시에 수업이 끝나면 언제나 녹초가 되기 일쑤였다.

주말이라고 해도 크게 다르지 않았다. 토요일은 오전 9시부터 오후 6시까지 온종일 수업을 들었다. 일요일에도 쌓여가는 과제를 하느라 친구를 만날 시간조차 없었다. 그래도 회사에서 인정받고 싶었다. 화려한 학벌의 직장 동료들 틈에서는 부족해 보일 수밖에 없겠지만, 또래 친구들 사이에서 좋은 성적을 받는다면 나를 보는 시선이 달라질 것 같았다. 그 실낱 같은 믿음은 직장인의 단비 같은 점심시간조차 반납하며 김밥 한 줄과 함께 책을 손에서 놓지 않게 만들었다.

한 학기가 끝이 났다. 과 수석을 해서 전액 장학금을 받게 되었다. 게다가 사내의 승진 시험까지 통과했다. 이제는 직급으로 보아도 대졸 직원과 전혀 다를 것이 없었다. 해냈다는 생각이 들었다. 비로소 차가운 눈동자들 앞에서 당당할 수 있을 것 같았으니까.

하지만 세상은 내 마음대로 돌아가지 않았다. 좋은 성적을 받았다고 이야기한 것이 내가 회사일보다 공부를 더 좋아해서 업무에 소홀해졌다는 뒷이야기로 돌아왔다. 혹자는 어린 나이에 욕심이 많아 높은 자리에 올라가려는 것이 아니냐고 했다. 허무함이 밀려왔다. 그저 회사 인원의 1%도 되지 않는 고졸 직원의 그늘에서 벗어나고 싶었을 뿐인데……. 나는 이곳에서 보통의 존재도 될 수 없는 것일까. 화장실로 뛰어 들어가 문을 걸어 잠그고 한참을 흐느꼈다. 한없이 비워내도 응어리가 진 무언가는 털어낼 수 없었다.

숨어있던 날개를 펼치고 나면

회사일에 의욕을 완전히 잃어버렸다. 침대에 누워서 잠만 자고 싶다는 생각이 간절했다. 하지만 불행하게도 처리해야 할 일들이 너무 많았다. 기계처럼 출근했다가 학교에 가서 늦게까지 공부를 하고, 터벅터벅 집으로 돌아오는 일상을 반복했다. 씻는 둥 마는 둥 하고 불을 끄고 누우면 내일 또 의미 없는 하루가 반복된다는 사실이 나를 옥죄여왔다.

모든 병의 근원은 마음의 병일지도 모른다. 으슬으슬한 기운과 근육통이 생겨 감기 몸살인가 싶어 병원에 갔더니 대상포진 진단을 받았다. 스물네 살이라는 어린 나이에 오육십 대가 걸린다는 대상포진에 걸리다니. 엎친데 덮친 격으로 온몸에 분홍색 꽃이 하나둘씩 피어났다. 이번에는 홍역이었다. 소화제를 달고 살았고, 편두통은 일상이었으며, 갑자기 위경련이 와서 응급실에도 몇 번 실려갔다. 한 달도 안 되는 간격으로 건강에 적신호가 연달아오자 마음은 더 피폐해져만 갔다. '이러다 죽으면 어떡하지?'라는 말도 안 되는 상상까지 들었다. 잠깐이었지만 회사와 집만 오가다가 생을 마감하는 내 모습을 떠올려보니 끔찍했다. 직장에 들어가기만 하면 행복해질 줄 알았는데. 행복했던 순간이 언제인지 기억조차 나지 않았다.

하루는 바람이나 쐬고자 친한 동기와 점심을 먹고 회사 옥상에 올라갔다. 함께 고졸로 입사한 그녀는 비슷한 처지에서 받게 되는 상처를 공감할 수 있어 마음을 편하게 터놓을 수 있는 상대였다.

발 아래로 빌딩이 빼곡하게 들어선 여의도의 전경이 펼쳐진다. 갑자기 미로 같은 이 곳이 감옥처럼 여겨졌다. "나는 어린 나이에 좋은 회사에 입사하면 행복해질 줄 알았어. 만약 내 삶이 이럴 줄 알았더라면 취업부터 하는 것이 아니었는데. 여기서 떨어져 죽어버리면 나를 거쳐간 사람들은 조금이라도 미안해할까……."

그녀는 눈물을 글썽이며 내 손을 꼭 잡았다. 차가운 건물 속에서 오랜만에 느껴보는 온기가 너무 따뜻해서 나도 모르게 꺽꺽 소리를 내며 흐느끼기 시작했다. 한참동안 위로를 전하던 그녀가 나지막한 목소리로 말했다.

"영은아, 나는 네가 얼마나 노력해왔는지 알고 있어. 죽을 용기로 차라리 세상에 나가서 뭐라도 해 봐. 우리가 경험한 세상은 이 건물 안 뿐이잖아. 바깥 세상이 쉽지는 않겠지만 지금처럼 열심히 하면 뭐라도 되지 않을까. 세상 사람들 모두가 철이 없다고 돌을 던져도 나는 항상 너를 응원할게.”

그녀의 목소리가 꽁꽁 얼어붙은 내 마음을 어루만져주었다. 조금은 응어리 진 것이 풀리는 것 같았다. 시계를 보니 점심시간이 끝나가고 있었다. 다시 사무실로 들어가야 한다. 운 것이 표가 나지 않게 얼굴을 식히려고 애를 썼다.

그때 갑자기 옥상에 비둘기 한 마리가 날아들었다. 두리번거리다 먹이를 찾지 못 했는지 이내 저 멀리 다른 곳을 향해 날아간다.

자유롭게 날갯짓을 하는 뒷모습을 보며 생각했다.

‘그래, 어쩌면 나도 날개를 품고 있는 사람이 아닐까. 처음으로 시작하는 이 날갯짓이 두렵지만 숨어있던 날개를 펼치고 나면 그 누구보다 예쁘게 날아갈 수 있지 않을까.’

퇴사하겠습니다

확실히 미친 짓이었다. 연봉 5천만 원을 받는 5년차의 안정적인 금융공기업 직장인에서 대학생으로 돌아간다는 것은. 나름대로 성공의 길을 걸어오다 한순간에 낙오자가 되는 기분이었으니까. 하지만 가장 두려운 것은 따로 있었다. 미래의 어느 시점에서 '왜 그때 인생을 바꾸지 못했을까'하고 후회하는 내 모습을 보는 것. 20대 후반이 되어버린다면 주변의 눈치나 결혼, 집 장만 등 걸림돌이 더욱 많아질 것이다.

어리다고 해서 퇴사라는 결정이 쉬운 것은 아니다. 힘들었던 것은 사실이지만 나는 '돈'이 필요한 사람이니까. 돈이 있으면 맛있는 것도 마음껏 먹고, 사고 싶은 것도 살 수 있는데 나라고 돈이 좋지 않을까. 지금까지는 나이에 비해 많은 돈을 번다고 스스로를 위로했었다. 하지만 나는 그냥 돈을 버는 것이 아니었다. 잠자는 시간을 빼놓고 하루의 2분의 1이 훌쩍 넘는 시간을 회사에 투자하고 있었으니까. 어쩌면 내 청춘의 가치를 돈으로 맞바꾸고 있었던 것이다. 한참을 고민한 뒤 결론을 내렸다. 행복하지 않아도 도전하는게 무서워서 변화를 주저하는 인생을 살지 말자고.

　한동안은 눈치만 살폈다. 우리 회사에서 퇴사를 한 사람들은 자격증을 따서 사무실을 차려 나가거나 이민을 가게 되는 경우 정도였다. 그마저도 근 10년간 주니어 레벨에서 퇴사를 한 경우는 딱 2명 밖에 없었다. 그런데 아무 대책도 없는 내가 퇴사를 하겠다고 했을 때 손가락질을 받게 될 것이 두려웠다. 팀장님은 어느 정도 눈치를 채고 계셨던 것 같다. 쭈뼛거리며 드릴 말씀이 있다고 겨우 말을 꺼낸 내게 덤덤하게 알겠다고 하신 것을 보면. 긴 말은 하지 않았다. 이 곳에서 행복하지 않아서 더 늦기 전에 새로운 삶을 살아보고 싶다고 했다. 잠깐의 정적이 흐른 뒤 팀장님은 본인의 이야기를 하시기 시작했다.

　"장 조사역, 내가 금융 산업에서 근무한 지 어느새 20년이 넘는 세월이 흘렀어. 일이 참 재미있었고 나름대로 성과도 인정받았지. 그런데 요즘 들어서는 내가 이 일을 정말 좋아했던 것이 맞는지 의문이 들 때가 있어. 하고 싶은 일을 하며 살더라도 이 길이 맞나 싶은 날이 올 거야. 그러니 매순간 후회없는 선택을 하게. 충분히 고민하고 내린 결정일 테니 누가 뭐라고 해도 흔들리지 말고."

　그 말씀에는 지금까지 살아온 세월의 흔적들이 묻어있는

듯 했다. 당시 팀장님은 20년간 몸담은 분야와는 전혀 다른 곳으로 발령을 받아 우리 팀에 오신 상황이었다. 티를 내지는 않으셨지만 칸막이 뒤로 창 밖을 내려다보고 계시는 팀장님의 뒷모습이 쓸쓸하게 느껴진 적이 있었다. 꼿꼿하게 일만 해오셨던 팀장님께서 하신 말씀이라 더욱 마음에 와닿았다. 앞으로 인생을 살아가면서 선택의 기로에 설 때마다 따뜻했던 마지막 말씀이 떠오르지 않을까.

그 날 이후, 내가 퇴사를 한다는 소문은 빠르게 퍼져나갔다. 누군가는 철이 없다고 손가락질을 했고, 또 다른 누군가는 도전을 응원한다며 어린 나이가 부럽다고 말했다. 백 명의 사람이 있으면 백 가지 생각이 다 달랐다.

하지만 한 가지 길만 선택해서 걸어 온 사람들이 타인의 인생에 대해 옳다 그르다 말할 수는 없다. 세상에는 다양한 가치관을 가진 사람들이 그들만의 길을 걷고 있으니까. 나의 선택 역시 온전한 내가 되어 살아보지 않는 이상 이해하지 못 할 것이다.

행복한 불효녀로 살아갈래요

또 하나의 넘어야 할 산은 홀로 나를 키운 엄마의 허락을 받는 것이었다. 엄마에게 퇴사하고 싶다는 운만 떼워도 노발대발하며 호적에서 파버리겠다는 반응이 돌아왔다. 딸의 꿈을 응원하며 든든한 지원군이 되어준다는 엄마는 소설이나 영화 속에 나오는 이야기였다.

외할머니의 말씀에 의하면 엄마는 착하고 순한 여자였다고 한다. 그런데 아빠와 헤어진 후 차갑고 앙칼진 사람으로 돌변해 버렸다. 초등학교 교사라는 직업이 무색할만큼 천 원 한 장 쓰는 것조차 아까워하며 돈을 모았고, 나와 남동생에게 언제나 더 높은 곳에 올라가야 한다며 채찍질을 했다. 엄마를 조금이나마 이해하게 된 것은 성인이 되어 사랑과 이별을 경험하고 스스로 돈을 벌기 시작한 이후였다. 고작 1년 남짓을 함께한 남자친구와 헤어지는 것도 이렇게 가슴이 찢어질 것 같은데 남편을 떠나보내는 것은 얼마나 힘들었을까.

상처받은 마음을 추스를 시간도 없이 가장이 되었고, 육아와 직장생활을 병행하면서 돈과 현실에 치였을 것이다. 그래서 두 자식을 위한 길은 그들이 안정적인 직업을 갖게 만드는 것이라고 철석같이 믿게 된 걸지도.

하지만 부모가 자식을 대신해서 인생을 살아줄 수 있는 것은 아니다. 혈연이라는 관계로 맺어져 있다고 해서 타인의 삶을 쥐고 흔들 수는 없는 것이니까. 선택에 대한 책임도 내가 져야만 하는 것이고 앞으로 남은 삶도 내가 이끌어가야만 한다. 오랜 시간 동안 엄마를 설득하기 위해 고군분투했지만 눈 하나 꿈쩍하지 않으셨다.

결국 나는 엄마를 이해시키는 것을 포기했다. 퇴사를 결정지은 뒤 통보만 하기로 한 것이다. 지금까지는 말 잘 듣는 착한 딸로 살아왔으니 이제는 내 마음의 소리에 귀 기울여야 할 시점이라는 생각이 들었다. 이미 퇴사날짜가 정해졌다는 말을 전한 이후 엄마는 나와 대화를 하지 않으셨다. 퇴사를 마음대로 결정지은 것이 죄송하기도 했지만, 한편으로는 내 마음을 엄마조차 몰라주는게 야속했다. 냉랭한 기운이 감도는 집안을 어서 벗어나고 싶어 떠나는 날만 손꼽아 기다렸다.

드디어 여행을 떠나는 당일. 우리는 마주보고 앉아 밥을 먹었지만 한 마디도 하지 않았다. 그렇게 형식적인 인사만 한 채

집을 나섰다. 마치 친구를 만나러 잠깐 집 앞에 나갈 때와 다를 것 없이. 하지만 공항에 도착하자마자 핸드폰이 울렸다. 엄마한테 온 메시지였다. 우리 집의 귀염둥이인 '건강이'의 사진과 함께 짤막한 문구가 다였지만.

'건강이랑 함께 기다리고 있겠음. 잘 다녀와.'

표현을 하는 것에 익숙하지 않았던 엄마한테는 그것이 최선이었을 것이다. 사실 나는 알고 있었다. 내 앞에서는 항상 이성적이고 칭찬에 인색했지만, 밖에서는 우리 딸은 뭐든지 스스로 해낸다고 입이 마르도록 자랑하고 다녔던 엄마를. 엄마의 메시지에 아무렇지 않다는 듯 나 역시 '알겠어. 잘 지내.'라는 짤막한 답을 하며 다짐했다.

'엄마, 나 불행한 효녀보다는 행복한 불효녀로 살아갈래요. 잠시만, 아주 잠시만. 훗날 꼭 떳떳하게, 이 날의 내 결정이 참 잘한 것이었다고 말할 수 있는 딸이 될게요. 사랑해요.'

키 166, 나는 꼬맹이여행자

스무살 적의 일이다. 무더운 땅의 기운이 스멀스멀 올라오면서 마침내 여름휴가 기간이 다가왔음을 알렸다. 바쁜 날들을 보내다가 달콤한 휴식 기간이 다가오면 일상적인 공간을 벗어나고 싶어진다. 나는 바다가 보고 싶었다. 투명한 에메랄드빛의 바다를 보고 오면 지쳐가는 직장 생활에 기분 전환이 될 것만 같았으니까.

'그래, 혼자 해외여행을 가보는 거야!'

먼 곳은 무리고 동남아시아가 좋을 것 같았다. 아직 신입인지라 휴가일수가 많이 없어 주말을 합쳐도 가능한 기간은 4박 5일 뿐이었기 때문이다. 후보지로 태국, 필리핀, 말레이시아 등이 떠올랐다. 그 중 왠지 모르게 필리핀이 끌렸다. 바다가 아름답다는 말을 익히 들어서일까. 처음으로 항공권과 적당한 가격의 호텔을 예약했다.

필리핀의 치안이 좋지 않다는 것을 알게 된 것은 그 이후였다. '여자 혼자 필리핀 여행'을 검색해보니 총기사고 발생이 빈번한 곳이라 위험하다는 글만 가득했다. 무서운 마음이 들지 않았다면 거짓말이지만 패기가 조금 더 앞섰던 것 같다. 만약 여행을 떠나서 죽을 운명이라면 출근을 하다가도 재수가 좋지 않아 죽을 수 있지 않을까. 혹시나 엄마가 걱정할까봐 친구랑 간다는 선의의 거짓말까지 해놓고 드디어 비행기에 올라탔다.

입국 신고서를 작성하는 방법조차 몰라서 허둥지둥거렸지만 정신을 차려보니 호텔에 도착해있었다. 낯선 언어, 건물, 음식. 모든 것이 흥미로웠다. 그래서 사람들은 여행을 떠나는 걸까. 하지만 내가 여행에 빠지게 된 이유는 따로 있었다. 바로 그 곳에서 만난 사람들 때문이다. 그들은 내가 어느 대학에 다니는지, 얼마나 좋은 회사를 다니는지 따위를 궁금해하지 않았다. 단지 혼자 여행을 온 스무살짜리 꼬맹이를 신기해하며 한국에서 온 '꼬맹이여행쟈'라고 불렀다. 건망고를 좋아하고 산미구엘 맥주를 들이키며 시원한 미소를 짓는 내 모습을 있는 그대로 봐주면서.

여태껏 많은 사람들은 나를 겉으로 보이는 위치로만 판단했다. 회사 안에서는 고졸이라 따가운 눈총을 받았고, 회사 밖에서는 좋은 회사에 다니는 직장인이라며 동경의 눈길을 받았다. 내가 어떤 삶의 가치를 추구하는지, 어떤 생각을 하며 살아가는지가 아니라 보이는 것으로만 가치가 판단된다는 것이 서글펐다. 오히려 낯선 나라에 오니 숨통이 트이는 기분이었달까.

'시간이 더 흐르고 진짜 어른이 되어도 내 모습 그대로 살아가고 싶었던 스무살 꼬맹이를 잊지 말아야지.'

필리핀에서 돌아온 뒤 여행에서 느낀 감정들을 기록하기 위한 네이버 블로그를 만들었다. 블로그명을 지으라는 말에 멋진 말이 없을까 고민하다가 '꼬맹이여행자, 세상에 흔적을 남기다'라는 글을 입력했다. 이 마음을 오래도록 간직하면서 전 세계를 여행하고 싶다는 소망이 생겼기 때문이다.

그렇게 꼬맹이라고 하기에는 꽤 큰 키의 소유자는 '꼬맹이여행자'라는 별명으로 살아가게 되었다. 신년이 다가오면 어김없이 다이어리에 버킷리스트로 세계일주를 적으면서.

삶의 쉼표가 필요할 때

쉼이 간절한 순간들이 있다. 앞만 보고 달려왔다고 생각했는데 뒤돌아보니 아무것도 남지 않았을 때. 내가 지금 어느 곳을 향해 가고 있는지 방향을 잃어버렸을 때. 나를 괴롭히는 모든 것들로부터 벗어나고 싶을 때. 내게는 지금이 딱 그랬다.

처음에는 퇴사를 하면 바로 전업 대학생으로 돌아가려 했다. 스물세 살이란 다소 늦은 나이(여대생 기준으로 20살에 입학했다면 23살이면 졸업반일 나이다)에 신입생이 되었으니 졸업을 하고 새 직장을 구하려면 한시라도 낭비할 틈이 없다고 생각했으니까. 그런데 그렇게 살아가면 퇴사 전의 삶과 무엇이 달라진 걸까.

오늘 행복하지 않아도 내일은 행복할 거라고 믿으며 하루를 희생해나가는 삶. 나는 그 삶에 쉼표를 찍고 싶었다. 그 때 한 가지 생각이 스멀스멀 기어올라왔다. 평생 이룰 수 있을 거라고는 생각조차 하지 못 했던 꿈, 세계일주. 이걸 실현시킬 수 있는 인생에 한 번 뿐인 기회가 바로 지금이라고.

잃을 것이 없었다. 책임져야 할 가정이 있는 것도, 애인이 있는 것도 아니었다. 무언가 도전하고 실패해도 괜찮을 학생 타이틀이 있는 지금이 바로 적기가 아닐까. 게다가 만약에, 아주 만약에 내가 퇴사를 후회하는 순간이 온다면 스스로를 위로할 수 있을 것 같았다.

'그래도 그토록 원하던 세계일주 다녀왔잖아!'

혹자는 왜 하필 세계일주를 떠나는 것이냐고 한심하다는 투로 물어온다. 여행을 떠나고 돌아오면 뭐가 달라지냐고. 차라리 회사와 맞지 않으면 이직을 하는게 낫지 않겠냐면서. 하지만 인생의 이정표를 좋은 회사에 들어가는 것으로만 삼고 싶지는 않다.

내가 선택한 길이 굽이굽이 돌아가는 길이라도 괜찮다. 나는 산도 있고, 바다도 있고, 들판도 펼쳐져 있는 길을 택하고 싶다. 그 과정 속에서 얻은 지혜는 다음 목적지의 길잡이가 되어줄 것이니까. 몇 번의 이별을 거치고 나서야 진실한 사랑을 알아볼 수 있는 것처럼. 여행으로 인해 무언가 많은 것이 바뀔 거라고는 기대하지 않는다. 단지 이 기간만큼은 가장 나다운 모습으로 살아보고 싶다. 스무 살부터 직장인이 되어 남들과 똑같은 모습을 강요받고 매일같이 눈치만 보며 작아졌던 나를 버려야지.

미친듯이 웃어젖혀보기도 하고 힘껏 소리를 질러보기도 하며, 순간순간 다시는 오지않을 나의 오늘을 아주 격렬하게 사랑해야지. 그렇게 운동화보다 뾰족구두가 편했고 청바지보다 원피스가 익숙했던 나는 사원증을 벗어던지고 배낭을 메고 걸어가기로 결심했다.

2부

꼬맹이 여행자, 세상에 흔적을 남기다

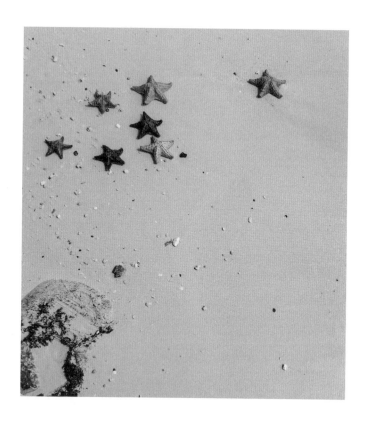

수줍어 달아오른 붉은색 뺨을 사랑했다
시가를 문 멋쟁이 택시 아저씨가 운전하던
빨간색 올드카를
해가 저물어가는 시간에 마신 달짝지근한
샹그리아 한 잔을

파아란 눈웃음을 사랑했다
땅과 하늘의 경계가 사라진 물 찬 우유니 소금사막을
모든 것을 얼려버릴 것 같았던 모레노 빙하를
산들산들한 초록색 목소리를 사랑했다
해발 2,430m 한가운데 위치한
잉카 제국의 마추픽추를
산화되어 색은 바랬지만 희망의 상징은
변하지 않은 자유의 여신상을

세상에 존재하는 모든 것들은 네 일부였고
나는 그런 너를 가슴에 품었다
너를 밟고 서있는 작은 내가 조금은 깊은 사람이 되었다

편도행 인생

세계여행을 떠나야겠다고 결심하던 순간
환불이 불가한 편도행 티켓을 샀다.
돌아오는 날짜가 적혀있지 않은 E-티켓이
메일함으로 날아온다.
엄마 몰래 나쁜 짓을 하다 걸린 아이처럼 마음이
자꾸만 쿵쾅거린다.

한정된 기간에 누리는 짧은 일탈로는
완벽한 이방인이 될 수 없었다.
시간이라는 놈은 모래시계를 세워둔 채로
'자, 마음껏 행복해져 봐.'라고 외친 뒤
조금씩 줄어가는 모래를 보며
나를 조롱하는 듯 했다.

오늘부터 날짜를 헤아려보는 것을 잠시 멈추기로 한다.
내일이 월요일이나 화요일일지라도
나에게는 일요일로만 가득찬 날들이 펼쳐져있으니까.

시간의 속박에서 벗어나는 것부터가
장기 여행의 시작일지도 모른다.

이제는 넓은 세상의 앞만 보고 달리는
편도행 인생을 살아봐야지.

언젠가 돌고 돌아 다시
편도행 티켓으로 돌아오는 그 날까지.

나는 떡볶이를 만들 줄 몰라

～～～～～～～

　어깨가 찌뿌둥하다. 에어아시아의 비좁은 좌석과 긴 환승 시간을 견딘 탓이다. 드디어 호주 시드니 공항에 도착했다. 기지개를 시원하게 한 번 켠 후, 주위를 둘러보았다. 북적거리는 사람들 틈에 홀로 서있으니 드디어 여행이 시작되었다는 게 실감이 난다.

　시드니에서는 처음으로 카우치서핑˚에 도전해보기로 했다. 낯선 사람의 집에서 잔다는 것이 무섭기도 했지만, 숙박비도 절약하고 외국인 친구도 사귀는 시스템이 일석이조라고 생각했다. 호스트 삿팔이 페이스북 메시지로 보내준 주소를 다시 한 번 확인한다. 다행히 그의 집은 공항에서 그리 멀지 않은 곳에 있었다. 삿팔은 호주에서 오랜 기간 거주한 인도인이다. 내 영어 이름이 제니(Jenny)라는 것을 듣자마자 제니는 여자 당나귀라는 뜻이라며 한바탕 웃어젖힌다. 유머러스하고 호탕한 그의 성격에 걱정되던 마음은 한순간에 사라졌다.

　카우치서핑은 호스트(현지인)가 무료로 잠을 재워주니 서퍼

(여행자)는 작은 선물을 하거나 요리를 해주는 것이 관례이다. 첫날 저녁으로 인도식 카레를 해주는 그를 보며 나도 무언가 해주어야 할 것만 같았다. 쉽게 해줄 수 있는 한국 요리가 뭐가 있을까 고민해보니 떡볶이가 떠올랐다. 자다가도 떡볶이 소리만 들으면 벌떡 일어날 정도로 좋아했지만, 만드는 것은 도통 자신이 없다.

사실 이전에 떡볶이 만들기에 도전했다가 보기 좋게 실패한 적이 있었기 때문이다. 퉁퉁 불어터진 떡볶이를 억지로 먹으면서 요리는 나와 맞지 않는다며 시도조차 하지 않고 살아왔다.

'한 번 다시 해 봐? 또 망치면 어쩌지? 그렇다고 아무 것도 안 해 줄 수는 없는데!'

카레 한 그릇을 비우고 소파에 앉아 티브이를 보는 그의 앞에서 똥 마려운 강아지처럼 안절부절 못 하다 겨우 말을 꺼냈다.

"삿팔, 내가 한국 요리 해 줄까?"
"오, 좋지. 단 너무 맵지는 않게 만들어 줘."

---

* 카우치서핑이란 현지인과 여행자를 연결시켜주는 여행 커뮤니티이다. 현지인이 여행자를 집에 초대해서 무료로 재워주면서 함께 관광지에 가거나 요리를 하는 등 문화 교류 체험을 하게 된다.

그는 별로 기대도 하지 않는다는 듯 티브이를 보며 시큰둥하게 대답했다. 그 때부터 나는 떡볶이 만드는 법을 숙지하기 시작했다. 다행히 인터넷에는 레시피가 널려 있었다. 그래도 걱정이 되는 마음에 눈 감고도 외우다시피 할 정도가 된 후에야 겨우 잠에 들 수 있었다. 다음 날 저녁이 되자 샷팔이 퇴근하고 돌아왔다. 우리는 근처에 있는 중국 마트에 가서 필요한 재료를 사오기로 했다.

"어디 보자. 떡은 여기 있고. 어묵도 사야겠다. 중국 마트에 있을 건 다 있네! 헉, 그런데 고추장이 없잖아!"

가는 날이 장날이라더니 하필이면 고추장이 품절 상태였다. 고추장이 있어도 만들 수 있을까 말까한 판국에 가장 중요한 재료인 고추장이 없다니! 아쉬운대로 칠리갈릭소스를 집어들고 집으로 돌아왔다. 이 소스가 고추장과 비슷한 맛을 내주기를 바라면서.

한동안 부엌에서 소스와 씨름하며 한국에서 먹은 떡볶이와 비슷한 맛을 내기 위해 노력했다. 마늘과 양파를 이용해 단맛은 중화시켰지만 색깔은 도저히 빨간 색이 나오지를 않는다. 그래도 꽤나 그럴듯한 모양새를 가진 떡볶이가 만들어졌다. 맛이 훌륭하지는 않지만 못 먹을 정도는 아니었다. 샷팔이 계속 집

"고추장이 없잖아!"

어먹는 걸 보면. 엉망이 된 부엌을 치우면서 콧노래가 절로 나온다. 드디어 내가 떡볶이를 만들다니!

지금껏 나는 간단한 음식조차 만들지 못 한다고 생각했다. 그런데 머나먼 호주 땅에서 고추장도 없이 떡볶이를 만들었다. 어쩌면 시작부터 성과가 나오지 않는다고 겁만 집어먹고 노력조차 하지 않았던 것은 아닐까. 무엇이든지 처음부터 잘 하는 사람은 없는데.

문득 자신이 없다는 핑계로 외면해왔던 것들이 떠오른다. 몇 년 째 제자리 걸음인 영어 실력, 악기 하나 정도는 다룰 줄 알아야 한다며 야심차게 등록했다가 2주만에 포기했던 통기타, 물이 무섭다는 핑계로 배우려고 하지도 않았던 수영……

앞으로는 막연히 못 할 거라고 생각해왔던 일들도 일단 부딪혀봐야겠다. 이것저것 시도하다보면 의외의 재능을 발견할 수 있을지도 모르니까. 생각보다 나는 할 수 있는 게 많은 사람일지도 모른다.

참, 나 지금은 떡볶이 잘 만든다.

짧은 이야기는 싫어

가격이 저렴해서 예약했던 게스트하우스는 케언즈 시내에서 꽤나 떨어져 있었다. 그래도 나쁘지는 않았다. 시내까지 가는 길목에 있던 초록색 옷을 입은 나무들이 가득한 공원이 퍽 마음에 들었기 때문이다. 그 날도 늦잠을 자서 조식은 먹지 못했다. 하지만 천천히 공원을 걸으며 싱그러운 풀내음을 맡는 일은 잊지 않았다. 급할 것도 없으니 걷다가 벤치가 나오면 잠시 쉬었다 가야겠다.

그런데 항상 비어있던 벤치에는 오늘따라 누군가 앉아있었다. 샌드위치를 먹고 있는 두 남자였다. 이 시간에는 사람들이 점심 식사를 할 시간이라 생뚱맞게 마주한 두 남자에게 자연히 눈길이 갈 수밖에 없었다. 갈색 머리칼이 제멋대로 엉클어진 남자가 나를 빤히 쳐다본다. 눈이 마주치자 왠지 부담스러워서 괜스레 발걸음을 바쁘게 옮겼다. 그가 혼자 있었다면 말 한 마디쯤 나누어 볼 수 있었겠지만 홀로 여행하는 내가 일행이 있는 이에게 다가가면 괜히 방해하는 기분이 들었으니까.

공원을 지나쳐 시내에 도착했다. 케언즈의 명물인 인공해변에 앉아 온종일 혼자만의 여유로운 시간을 보내고, 저녁으로 버거까지 야무지게 챙겨먹었다. 시계를 보니 어느새 8시가 넘었다. 이제 게스트하우스로 돌아가는 무료 셔틀버스를 타기 위해 버스 정류장으로 향했다.

그 곳에서 낯익은 얼굴을 보았다. 낮에 공원에서 보았던 남자였다. 단지 차이점이 있다면 이번에는 그가 내 옆에 다가와 먼저 말을 걸었다는 것 정도.

"안녕! 너도 혹시 제이제이스 백패커스 호스텔로 가니?"
"응, 너희도 같은 숙소야? 어제는 못 본 것 같은데."
"우리는 오늘 아침에 도착했거든. 셔틀버스 정류장을 한참 찾았는데 여기가 맞나보네. 반가워, 나는 레오나르도야!"

그는 호주에서 여름 휴가를 보내기 위해 친구와 여행을 온 이탈리아 친구였다. 아담한 케언즈 시내에서 여행자들을 길거리에서 마주치는 것은 흔한 일이지만, 숙소까지 같다고 하자 내심 반복되는 인연이 신기했다. 우리는 버스에 타고 나서도 한참 대화를 나누었다. 갑자기 소외되어 기분이 나빠보이는 그의 친구 얼굴을 보기 전까지는 말이다. 숙소에 도착하자마자 방으로 들어가려고 했는데 그가 다시 말을 걸어왔다.

"영은, 맥주 한 잔 하지 않을래?"

"지금? 난 다시 시내로 나가기 싫은 걸. 게다가 친구는 어떻게 하고."

"내가 이 앞에 있는 마트에 가서 맥주를 사올게. 친구는 오늘 밤 클럽에 간대!"

"너는 같이 클럽에 안 가?"

"원래는 그러려고 했는데, 너랑 맥주 마시고 싶어서 안 간다고 했어."

이 말을 마치고 레오나르도는 상기된 표정으로 마트를 향해 달려갔다. 순간 머릿속이 빠르게 회전하기 시작했다.

'맥주를 마시고 싶은 건가? 아니지, 분명 나랑 먹고 싶다고 했는데. 이게 말로만 듣던 그린라이트인가?'

갑작스러운 전개에 당황스러워하고 있는데, 멀리서 환하게 웃으며 뛰어오는 그가 보인다. 이상하게 마음이 조금 간지럽다. 우리는 게스트하우스 마당에 앉아 함께 맥주를 마시기 시작했다. 레오나르도는 가까이에서 보니 반짝이는 초록색 눈동자를 가지고 있었다. 오전에 보았던 이름 모를 케언즈의 공원처럼. 살짝 취기가 차오를 때쯤, 그 눈동자가 한층 더 가깝게 다가왔다. 깜짝 놀란 나는 황급히 고개를 돌렸다. 영화같은 이야기였다. 여행을 하고 있는 남자와 여자가 우연찮게 만나 사랑에 빠지는 흔하디 흔한 이야기. 사랑에 빠지는데 걸리는 순간은 단 3초 뿐이라고 하지 않는가.

하지만 나는 장기 여행을 시작하면서 다짐을 했다. 여행 중에 만나는 상대와 쉽게 사랑에 빠지지 말자고. 솔로로 지낸 시간도 길었으면서 금발의 미소년과 사랑에 빠지기를 목표로 세워도 모자란 판국에 뚱딴지같은 소리로 들릴지도 모르겠다.

사랑에 빠지게 되면 종일 싱그러운 에너지가 솟아난다. 쓰디쓴 아메리카노에 설탕 한 스푼을 넣은 것처럼 모든 일상이 달콤하게 느껴진다. 혼자 할 때는 지루하기만 하던 일도 함께하면 즐겁기만 하다. 잠시라도 떨어지고 싶지 않고 언제나 같이 있고 싶다는 생각이 든다. 하지만 행복한만큼 불안함도 함께 커진다. 하루에도 몇 번씩 나의 기분은 롤러코스터를 타는 것처럼 시시각각 바뀌었다. 친구들과 즐겁게 수다를 떨다가도 연락이 늦어지면 안절부절못했다. 나는 하루종일 그를 떠올리는데, 그의 하루에는 내가 차지하는 자리가 크지 않을까봐 걱정이 됐다.

마치 중심을 잡지 못 하고 이리저리 흔들리는 기분이랄까. 내가 상대에게 너무 의지하려 한 탓일지도 모르겠다. 하지만 안타깝게도 나는 마음을 적당히 내어주는 방법을 모르는 서투른 여자였다. 게다가 여행지에서 만난 사랑은 끝이 뻔하게 보이는 일이 아닌가. 내가 누군가를 만나게 된다면 끝이라는 단어를 떠올릴 수조차 없을만큼 오랜 시간동안 함께할 수 있는 사람을 만나고 싶었다.

"레오나르도, 너는 곧 이탈리아로 돌아갈거야. 나는 호주를 떠나 여행을 계속하겠지. 우리가 만난다고 해 봤자 아주 짧은 이야기일 거야."

나는 짧은 이야기는 싫어. 결말을 알 수 없는 아주 긴 소설책처럼, 오래도록 꿈꿀 수 있는 그런 이야기가 시작될 때 그 책을 펼치고 싶어.

약간의 침묵 끝에 꺼낸 나의 말에 그는 아무런 대답도 하지 않고 핸드폰으로 노래 한 곡을 틀었다.

"내가 제일 좋아하는 노래야. 우리 이 노래가 끝날 때까지만 같이 있자."
스피커에서는 이탈리아어로 된 노래가 흘러나왔다.
레오나르도가 하나씩 해석해 주었다.

'오늘 하루, 나와 커피 한 잔만 마셔줘요.
딱 커피 한 잔만, 그 시간 동안만 우리 함께해요.'

파도를 타기 위해서는

세계일주를 하면 서핑에 꼭 도전을 해보고 싶었어.
발리의 해변에서 파도를 타는 모습을 떠올리면
상상만해도 멋져보였으니까.
그런데 정작 서핑을 배워보니까
파도를 타는 순간은 진짜 찰나더라.

오히려 집채만한 파도가
나를 자꾸만 뒤로 밀어내도 버티면서
보드를 끌고 한참을 앞으로 나아가는게 8할이었지.
서핑에 익숙한 사람도 처음 배우는 사람도
이 순간을 견뎌야하는 건 같더라고.

괜스레 답답하고 일이 잘 풀리지 않아
바다 한가운데를 허우적거리는 것 같은 날.
그럴 때마다 서핑을 하고 있다고 생각해 봐.

인생이란 파도를 즐기려면
지금 이 순간을
견뎌야 하는거야

내가 왜 싱가포르에 다시 왔냐면

처음이라는 것은 특별하다. 설렘과 함께 불안을 동시에 가지고 있어서일까. 첫 사랑, 첫 입사, 그리고 처음으로 혼자 떠난 여행까지. 나는 지금 싱가포르에 서 있다. 스무살 때 이 곳에 왔으니 약 5년 만이다. 발리에서 다음 행선지를 고민하던 중 계속 싱가포르가 눈에 밟혔다. 사실 말레이시아로 넘어가는 것이 여행경비를 절약할 수 있는 길이었지만 왠지 한 번 더 가보고 싶었다.

정확히 말하자면 싱가포르가 첫 여행지는 아니다. 필리핀 다음으로 떠난 곳이었으니까. 하지만 어리숙한 사회초년생의 모습으로 찾았던 이 곳을 떠올리면 언제나 처음의 간질간질함이 공존했다. 특별할 것 없는 빌딩 숲 풍경일 뿐인데 무엇이 나를 이끌게 된 걸까.

그 시절의 기억을 따라 걷고 또 걸었다. 지난 세월동안 나는 참 많이 변했다. 직장을 그만두고 세계일주를 하는 사람은 인터넷에서나 볼 수 있는 줄 알았는데 내 이야기가 되었으니까. 그런데 여기는 변한 것이 없는 것 같다. 금세 숨이 차오르는 후덥지근한 날씨도, 중심부에 우뚝 서있는 멀라이언 상도, 언제나 사람들로 북적거리는 클락키 거리도. 익숙한 듯 낯선 풍경이 알 수 없는 편안함을 느끼게 만든다.

대충 시간을 때우면서 밤이 찾아오기를 빌었다. 한동안 마음 속에 품고 살았던 싱가포르의 야경을 빨리 만나고 싶어서. 드디어 태양의 자리를 은은한 달이 채운다. 맥주 한 캔을 사들고 5년 전의 내가 앉아 야경을 바라보던 곳에 자리를 잡았다. 이 경치를 다시 마주하니 조금은 알 것 같았다.

'아, 내가 이래서 여기 다시 왔구나. 이 길이 맞다는 확신이 들지 않아 흔들리고 두려워했던 어린 날의 나를 만나려고.'

사실은 불안했다. 혹시라도 여행을 하다가 강도를 만나지는 않을까, 길을 잃어버리지는 않을까 같은 문제부터 미래에 대한 막연한 불안감까지. 퇴사도 처음이고 세계일주도 처음이라서일까. 여행 초반에는 배낭의 무게보다 걱정의 무게가 더욱 무겁게 다가왔다.

하지만 직장인이었을 때도 이 곳에서 나는 다가오지 않은 미래를 불안해하고 있었다. 그러니 지금 걱정스러운 것은 당연

한 게 아닐까. 처음으로 걷는 길 위에서는 누구나 흔들리는 법이
니까. 그래서 흔들리던 어린 날의 나를 만나고 싶었나보다. 이런
나에게 괜찮다고, 처음은 원래 그런 법이라고 토닥여줄 것 같아
서. 강물에 일렁이는 불빛들을 바라보며 조용히 속삭여본다.

'나 지구 한 바퀴 돌고 나서 더 성숙해진 모습으로 언젠가
돌아올게. 너도 항상 변하지 않는 모습 그대로 이곳에 있어주렴.'

안녕, 나의 스무살.
안녕, 싱가포르.

Good Bye Singapore

'같이'의 가치

독립적인 성격 탓인지 나는 혼자 하는 일들이 그다지 어렵지 않았다. 혼자서 밥을 먹고, 영화를 보고, 여행을 가고. 심지어는 놀이공원까지 가봤으니까. 그래도 등반은 혼자하기 부담스러웠다. 특히 그 산이 동네 뒷산이 아니라 히말라야라면 더더욱. 치안은 둘째치고 통신이 완벽히 끊기는 중반부터는 밤에 롯지에서 홀로 시간을 보내기 따분할 것 같았다.

그래서 히말라야 트레킹의 전초기지인 포카라로 향하는 버스에 올라타면서까지 트레킹을 할까말까 망설였다. 그 때 비슷한 시기에 세계일주를 떠난 부부가 SNS로 연락해왔다. 이틀 후 포카라에 도착하는데 함께 트레킹을 시작하지 않겠냐고. 고민할 것도 없이 쾌재를 부르며 승낙했고, 그렇게 동희오빠와 의정언니를 만났다.

이들은 나보다 여행을 두 달 정도 먼저 출발해서 아시아 지역을 돌고, 마침내 네팔에 도착했다고 한다. 사람의 성격은 얼굴에서부터 드러난다고 하더니만. 서글서글한 인상에 티없이 맑은 웃음을 가진 언니와 오빠가 꼭 그랬다. 우리들은 십여 년은 알고 지낸 친구처럼 금세 친해졌다. 우리가 목표로 삼았던 ABC코스 (안나푸르나 베이스캠프)는 국민 코스라 불릴 정도로 어려운 코스는 아니었다. 산을 타 본 경험이 없는 사람들도 조금만 고생하면 정상에 오를 수 있으니까. 그렇지만 나에게는 큰 도전이었다. 하루에 5~6시간씩 걸으며 4,130m에 위치한 베이스캠프에 오른다는 것은.

하루 종일 사무실에 앉아 키보드만 두드리는 일상 속에서 유일하게 했던 운동이라고는 숨쉬기뿐이었으니까. 내 체력은 대한민국에서 둘째가라면 서러울 정도로 저질체력이었다.

1일차에는 벌써부터 포기하면 안 된다는 생각으로 버텼다. 하지만 2일차에는 푼힐까지 가는 길목에 있는 4천여 개의 계단을 오르다가 너무 힘든 나머지 산길에다 토를 하고 말았다. 게다가 3일차에는 엎친 데 덮친 격으로 마법에 걸렸다. 하루에도 몇 번씩이나 포기하고 싶었다. 쿡쿡 쑤시는 아랫배를 움켜잡고 아랫입술을 꽉 깨물어야만 간신히 한 걸음을 내딛을 수 있었으니까. 그럴 때마다 동희오빠와 의정언니는 나를 다독여주었다. 체력이 약한 내가 뒤처지지 않도록 동희오빠는 일부러 속도를 늦추어 맨 뒤에서 걸었다. 의정언니는 항상 내 밥그릇에 더 많은 양의 음식을 덜어주고, 사탕이라도 한 개 더 주려했다. 옹기종기 난로 앞에 모여앉아 수다를 떨며 밤마다 찾아오는 히말라야의

추위도 이겨냈다.

　마침내 등반에 성공했음을 알리는 깃발 앞에 멈추어 섰을 때, 나는 입을 다물 수가 없었다. 온 세상이 새하얀 비현실적인 행성 속으로 들어온 듯한 기분이 들었달까. 오로지 함성을 지르며 서로를 부둥켜안고 있는 언니와 오빠만이 내가 현실 속에 존재하고 있다는 것을 일깨워주었다.

　문득 다행이라는 생각이 들었다. 잊지 못할 기억이 될 순간에 이들과 함께 있다는 것이. 고백하자면 나는 혼자 떠나는 여행이 동행이 있는 것보다 더 편하고 많은 것을 배울 수 있을 것이라 여겼다. 누구의 간섭도 받지 않고, 의견이 충돌할 염려도 없고, 독립심과 책임감을 기를 수 있다고 생각했으니까. 수 차례 혼자 여행을 다녀오면서 그런 생각은 더욱 굳어졌다. 그런데 일곱 밤을 동고동락하고 나니, 내가 히말라야 트레킹을 무사히 마칠 수 있었던 것은 그들 덕분이라는 생각이 들었다. 같이 걸어주는 이가 있다는 것은 언제나 든든한 보호막이 되어주었다.

　'영은아, 할 수 있어! 처음 산 타는데도 이 정도면 진짜 잘 하는거야.'라고 응원해주는 목소리가 아니었다면 당장이라도 내려가고 싶었을 것이다. 함께 한다는 것이 이토록 따뜻한 것이었나. 어쩌면 힘든 회사생활을 5년이나 버틸 수 있었던 것도 입사 동기들 덕분이 아니었을까. 혼자서 무엇이든지 잘 해왔다고 생각했는데, 정작 힘들었던 순간에는 누군가 곁에 있었다.

산에서 내려와서 언니오빠를 향한 감사함을 눌러담은 엽서를 썼다. 그리고 여행을 한다는 핑계로 한동안 연락하지 않았던 친구들에게 안부를 물었다. 언젠가 내게 소중한 사람들이 높은 산을 마주했을 때, 힘이 되어주는 사람이고 싶다고 되뇌면서.

살면서 모든 것을 털어놓아도 좋을 한 사람쯤 있어야 한다.
그 한 사람을 정하고 살아야 한다.
그 사람은 살면서 만나지기도 한다.
믿을 수 없지만 그렇게 된다.

_ 이병률의 '바람이 분다 당신이 좋다' 중 일부

세상에 없는 풍경

〜〜〜〜〜

히말라야를 오르는 내내 어느 롯지에서 스쳐가며 보았던 한 문장이 계속 마음에 남았다.

'세상에 없는 풍경을 놓치지 말아라.'

도대체 세상에 없는 풍경이란 무엇일까. 얼마나 아름다우면 정상을 그렇게 표현할 수 있을까. 숨이 벅차오를 때마다 주위가 온통 눈으로 뒤덮인 하얀 설산 속에 서있는 내 모습을 떠올렸다. 아마 이 글귀는 주위에서 흔하게 보기 힘든 아름다운 광경이라는 뜻일 것이다. 하지만 무사히 등반을 하고보니 어쩌면 진짜 의미는 다른 것이 아닐까라는 생각이 들었다.

한 걸음씩 성실하게 옮겼으니
마주할 수 있었던 풍경.
나의 노력없이는 절대로 볼 수 없는 그 풍경.
그것을 놓치지 말라는 뜻이 아니었을까.

말라이 토스트

바라나시에 여행을 온 한국인들은 대부분 '빤데이 가트' 근처 게스트하우스 밀집 지역에 묵는다. 숙소 뿐만 아니라 각종 레스토랑과 상점들이 모여있는 메인 가트이기 때문이다. 세인이도 가트를 오가며 자주 마주치던 사람 중 하나였다. 스쳐지나갈 줄 알았던 그와 친해진 이유는 토스트 때문이었다. 바라나시에서만 판다는 말라이 토스트. 세인이는 새벽부터 일어나 매일 친구들을 위해 토스트를 사왔다.

"내일 말라이 토스트 사러갈 때 나도 데려가 줘."

세인이와 제대로 말을 섞어본 것은 처음이었다. 하지만 나는 맛있다고 극찬을 하는 사람들을 보면서 말라이 토스트에 대한 궁금함을 참을 수 없었다. 혼자 가기에는 끝도 없는 골목이 이어져있는 바라나시 특성상 길을 잃어버릴 것이 틀림없었다.

다음 날, 어색한 동행이 시작되었다. 우리는 멋쩍은 웃음을 한 번 지은 후 아무런 말도 없이 걷기만 했다. 십오분 쯤 흘렀을까. 마침내 도착한 가게에서는 토스트를 굽는 향긋한 냄새가 피어올랐다. 이른 새벽인데도 한 평 남짓한 공간에는 토스트와 인도의 전통 티인 짜이를 즐기는 사람들로 가득했다.

"어떻게 이런 곳을 다 알아냈어?"
"어……. 게스트하우스에서 만난 인도인 친구가 데려와줬어요."

말라이 토스트는 잘 구워진 토스트 위에 생크림 같이 생겼지만 달지 않은 우유 크림을 얹고 설탕을 뿌려 마무리한 음식이었다. 한 입 베어무니 바삭한 토스트 사이로 고소한 크림이 삐죽 고개를 내민다. 아직 끝이 아니라는 듯 화룡점정으로 달달한 설탕이 입 맛을 돋우어주었다. 달랑 두 개 밖에 내어주지 않는 게 아쉽기만 하다. 그런 내 마음을 읽었는지 세인이가 가지고 있던 토스트를 내민다.

"누나, 토스트 하나 더 먹을래요?"
"고마워, 너 따라서 오지 않았으면 후회할 뻔 했어! 너무 맛있다."

든든하게 배를 채운 우리는 남은 말라이 토스트를 다 싸달라고 하고 숙소를 향해 걸어가기 시작했다. 다시 찾아온 정적 속

에서 문득 그가 왜 여행을 떠나왔는지 궁금해졌다. 인도에 오는 사람 치고 특이하지 않은 사람은 없다는데. 그는 화려한 색감의 현지 옷을 입고 있는데도 아주 단정하고 평범한 대한민국의 청년 같았다. 일탈이라고는 전혀 해보지 않았을 것 같은 착하고 건실한 청년.

"세인아, 너는 왜 인도에 왔어?"
"음⋯⋯. 사람을 만나려고 인도에 왔어요. 제 삶의 반경에서 만나는 사람들은 저랑 비슷한 인생을 살고 있잖아요. 왠지 인도에 오면 다양한 사람들을 만날 수 있을 것 같았거든요. 누나는 왜 인도에 왔어요?"

나는 퇴사를 하고 세계일주를 떠나온 이야기를 간략하게 말해주었다. 내 말이 끝나자마자 그는 가지런한 흰 이빨을 내보이며 웃음을 지었다.

"무언가 내려놓고 오기 쉽지 않았을 텐데 멋지네요. 저는 공부만 하면서 평범하게 살아왔어요. 고등학생 때까지는 수능 공부만 열심히 하다가 대학교에 와서는 높은 학점만 좇는 삶이요. 이대로 4학년이 되고 나면 다시는 배낭여행 같은 건 못 해 볼 것 같았어요."

그 날 이후 우리는 매일 말라이 토스트에 짜이를 곁들여 마시는 시간을 공유했다. 그가 바라나시를 떠나는 날까지도.

"누나, 말라이토스트 정말 신기하지 않아요?"

"왜?"

"들어가는 재료라고는 꼴랑 빵 위에 크림과 설탕을 얹은 것뿐인데 어떤 토스트보다도 맛있잖아요. 저는 말라이 토스트를 보면서 그런 생각을 했어요. 인생도 저렇게 살아가면 좋지 않을까."

세인이는 담담한 목소리로 말을 이어갔다. 바라나시에서 한 달 정도 지내면서 한 거라고는 토스트를 먹으러 다니고 가트를 보며 팔찌를 만든 것 뿐이라고. 그런데 그 시간들이 지금까지 살아 오면서 가장 행복한 날들이었다고.

그의 말을 듣고 있으니 나 역시 지난 삶이 스쳐갔다. 누군가에게 인정 받으려고 내 위에 하나라도 더 얹기 위해 애쓰던 시간들.

인도로 흘러든 우리들은 일상에서 잠시 멈춤이라는 시간이 필요했던걸까. 아무것도 아닌 토스트 한 쪽을 먹으며 행복한 웃음을 내보일 수 있는 그런 담백한 시간들 말이다.

감정도 태워버릴 수 있다면

역시 바라나시였다. 죽음을 가장 가까이에서 마주한 도시. 바라나시에 사는 사람들은 강가에서 시신을 태웠고, 그 물로 빨래를 하고, 목욕을 하고, 심지어 마시기까지 했다. 죽음을 마주하는 그들의 태도를 바라보았다. 슬픔만 가득할 것이라 생각했던 예상은 빗나갔다. 그 곳에는 무표정하게 가는 이를 보내는 사람들만 있었다. 눈물을 흘리지도 않았고 울음소리를 내지도 않았다. 그저 덤덤하게 사랑했던 이의 육신이 한 줌의 재가 되어 강물에 흘러들어가고, 삶이 연기가 되어 하늘로 빨려들어가는 것을 바라보았다.

사람을 보내야 하는 일은 비단 죽음 뿐만은 아닐 것이다. 멀쩡히 살아있어도 다시는 보지 못하게 되어버린 사이도 있을 테니까. 이별에도 장례식이 있다면 얼마나 좋을까. 충분히 슬퍼할 수 있는 그런 시간.

그래서일까. 천천히 사랑하는 법을 알기에는 어렸던 첫사랑이 떠올랐다. 사랑은 소유가 아니라는 것을 머릿속으로만 이해했던 그 시절. 조금씩 삐그덕거리던 우리 사이는 갑작스럽게 끝이 나고 말았다. 그 때 덤덤하게 보냈더라면 아직도 남아있는 통증을 덜어낼 수 있었을까. 대개 이별은 너무나 갑작스럽고 그렇기에 떠나보내기 쉽지 않다.

고개를 들어 강물을 바라본다. 그리고 하나씩 떠올려본다. 미움, 그리움, 그리고 옛사랑. 이 감정을 표현할 수 있는 단어들을. 이 곳에서는 묵혀 놓았던 감정도 태워버릴 수 있을 것 같다. 천천히, 그리고 덤덤하게.

자신의 가치

나는 예전에 참 가난했어요.
가트에 앉아 엽서를 10루피에 팔고 있었죠.
그런데 저기서
100루피에 파는 사람들은 잘만 팔리는데
아무도 내 것을 사지 않는 거예요.

그래서 내 엽서의 가치를 높여야겠다고 생각했어요.
그때부터 엽서만 파는 것이 아니라 손님들한테
사진의 배경이 된 바라나시의 역사와
인도의 문화를 설명해주기 시작했어요.
1장에 10루피던 엽서에
100루피의 가치를 부여한 거예요.

그러니까 팔리더라고요.
인생도 똑같아요.
여배우가 입었다는 이유만으로 불티나게 팔리는 옷처럼
자신의 가치를 높이면 돈, 명예 등 부수적인 것들은
저절로 따라와요.

이때 중요한 건
남과 비교해서는 안 된다는 거예요.

그 사람의 길과 나의 길은
다른데 비교하면 슬픔만 몰려와요.
그저 나의 길에서 최선을 다하다 보면
언젠가 가치가 올라가 있는
나를 만날 수 있을 거예요.

_ 바라나시에서 만난 선재*와의 대화 정리

* 류시화 시인의 '지구별 여행자'에 등장한 인도 소년 '산제이'가
  현재 선재라는 이름으로 바라나시에서 한국인을 대상으로 가이
  드를 하고 있다. 바라나시를 여행한 여행자라면 모르는 사람이
  없는 유명인물.

인디언 이름

오르차에 매일 오렌지주스를 사 먹던 과일 가게가 있었다.

하루는 그 가족의 집에 저녁 초대를 받았다. 앞 마당에 앉아 따뜻한 난에 카레를 찍어 먹고 있는데, 잘 먹는 내가 복스러웠는지 온 가족이 둘러앉아 새로운 손님을 신기하게 바라본다.

갑자기 그들은 나에게 인디언 이름을 지어주겠다고 한다. 그러더니 찬디니(Chandini)라는 이름을 붙여주었다. 고운 이 이름은 달빛이라는 뜻이란다. 왜 나에게 그런 이름을 붙여줬을까. 아마 달빛 아래 도란도란 이야기를 나누던 우리의 모습을 기억하고 싶어서였겠지.

작은 바람이 있다면 길 위에서 스쳐가는 모든 이들에게 강렬한 태양빛보다는 은은한 달빛으로 기억되고 싶다. 달이 차오르는 밤마다 나와 함께 한 기억들을 하늘을 올려다보며 그려볼 수 있도록.

새빨간 빈디

유독 잔상이 짙게 남는 순간들이 있다.

적지 않은 시간이 흘렀어도 여전히 또렷하게 맺혀 있는 기억들. 영문은 알 수 없다. 네가 건네던 작은 물체가 하필이면 내 심장과 같은 색이라서거나, 사막보다 더 건조한 마지막 말에 갈증을 느껴서일지도.

사막 위에 흙으로 만든 집들이 늘어서 있다. 드디어 황금빛 도시라 불리는 자이살메르에 도착했다. 한 달하고도 보름을 더 여행한 인도 여행의 막바지다. 인도라는 나라를 오래도록 기억할 수 있게 작은 기념품을 사고 싶었다. 시장 골목을 어슬렁거리며 둘러보고 있는데 갑자기 한 남자가 다가온다. 어디서 왔냐는 둥, 이름이 뭐냐는 둥 시답잖은 이야기를 늘어놓으면서.

"나 빈디*를 사러 가야해."

그의 말을 끊었다. 무언의 압박이었다. 할 일이 있으니 더 이상 귀찮게 하지 말라는. 그는 여전히 해맑게 웃으며 저렴한 가격에 살 수 있는 곳을 알고 있으니 따라오라고 손짓한다. 의심의 눈초리를 한껏 치켜세우려다 아직 한낮이니 5분 정도 밖에 떨어져 있지 않다는 말을 믿어보기로 한다.

도착한 곳은 여행자들이 다니는 시장길목의 바로 뒤편이었다. 전통의상인 사리를 온 몸에 두른 여인이 손 때 묻은 빈디 스티커를 잔뜩 모아다 팔고 있었다. 혹시라도 이상한 곳으로 안내할까봐 내심 긴장이 되었는데 여인의 모습을 보자 안심이 되었다. 덕분에 약간은 얼룩지긴 했지만 빈디를 저렴하게 살 수 있었다. 그는 이제 짜이를 마시러 가자고 제안했다. 하지만 나는 핑계를 대고 숙소로 돌아갔다. 인도 현지인들은 사기꾼으로 넘쳐나기 때문에 엮이지 않는 것이 좋다고 생각했기 때문이다.

다음날 일몰을 보기 위해 마을이 한눈에 내려다보이는 성벽에 올랐다. 그 곳에는 낮에 만났던 그가 있었다. 우연히 마주친 두 번째 만남에서는 왠지 모를 반가운 마음이 들었다. 우리는 해가 저물어가는 것이 잘 보이는 계단에 걸터앉았다. 그는 자이살메르 사막에서 태어나서 이 도시에 친구가 별로 없다고 했다. 시장을 걷다가 환하게 웃는 나를 보고는 친구가 되고 싶은

* 인도 여성의 이마에 찍는 작은 점을 빈디라고 하며, 현지에서 스티커로 된 것을 팔기도 한다.

마음에 말을 걸었다고 한다. 무심했던 어제의 내가 생각나 살짝 머쓱해졌다.

낯선 문화를 가진 이와 손쉽게 친해지는 방법은 언어를 교환하는 것이다. 우리는 서로에게 한국어와 힌디어를 가르쳐주었다. Happy는 행복이야, Happy는 쿠쉬야, 뭐 이런 것들. 해가 반쯤 가리어졌을 때, 우리는 반쯤 더 가까워져 있었다. 어두워지기 전에 숙소로 돌아가려고 자리에서 일어났다. 그는 아쉬운 기색이 역력한 표정으로 내일은 일정이 어떻게 되냐고 물어온다. 하지만 내일은 자이살메르를 떠나는 날이었다. 그는 기차를 타기 전에 잠깐 만나자고 했다. 마을 근교에 있는 예쁜 호숫가를 보여주고 싶다면서. 분위기에 취해 덥석 알겠다고 했다. 하지만 숙소에 돌아온 뒤 곰곰이 생각해보니 알게된 지 하루 밖에 되지 않은 이를 따라가는 것은 왠지 위험할 것 같았다. 그래서 몸이 좋지 않아 나가지 못 할 것 같다고 페이스북 메시지를 보냈다. 확인을 하지 않는게 신경이 쓰였지만 내가 보이지 않으면 조금 기다리다가 이내 돌아갈 것이라 생각했다.

다음날, 점심을 든든히 먹고 짐을 챙겨 나왔다. 그런데 약속 장소였던 나무 밑에 한 사람이 서있었다. 메시지를 보내놓았는데 읽지 못 했냐며 능청스럽게 둘러대고는 마지막 인사를 전했다. 죄책감이 슬며시 고개를 들었지만 만난 지 겨우 하루뿐인 상대였다. 그도 개의치 않아 할 것이라 생각하며 기차역으로 향하는 릭샤에 올라탔다.

무사히 기차에 탑승한 뒤, 티켓에 ㅍ기된 자리를 찾아 짐을 단단히 묶어두었다. 이제 좌석에 앉아 출발하기를 기다리고 있는데 갑자기 입구에서 익숙한 얼굴이 보였다. 그는 고개를 좌우로 돌리며 누군가를 찾다가, 나를 발견하고 성큼성큼 걸어오기 시작했다. 우리는 창문을 두고 마주했다. 그는 슬그머니 손을 내민다. 손 위에 올려져 있던 것이 내 시야에 들어오는 순간 마음이 시큰거렸다. 새빨간 빈디 세트였다.

"마지막으로 선물을 주고 싶어서……. 그래서 계속 기다렸어. 잘 가." 그는 짧은 말만 남기고 곧바로 뒤돌아서서 성큼성큼 걸어간다. 말은 순식간에 공중으로 흩어졌지만 그 온기는 고스란히 내게 전달된다. 따듯하면서도 차갑고, 촉촉하면서도 건조한. 뭐라도 내뱉어야만 할 것 같았다. 그러지 않고서는 견딜 수 없을 것 같았으니까.

"쿠쉬(Happy) 자이살메르! 고마워! 네가 행복했으면 좋겠어!" 내 입에서 튀어나온 한 마디는 생뚱맞게도 어제 배웠던 힌디어였다. 그는 뒤를 돌아보지 않았다. 나는 마지막 표정을 끝내 볼 수 없었다.

그 친구가 정말 사기꾼이거나 나쁜 사람이었을지도 모른다. 내가 한 대처는 혹시 모를 위험으로부터 나를 지켜낸 현명한 방법이었을 수도 있다.

하지만 만약에, 아주 만약에. 순수한 마음으로 나와 친구가 되고 싶었던 한 사람을 몰라보고 인도인이라는 이유만으로 색안경을 낀 채 날을 세웠던 것이라면 어떡하지. 그 때는 어떻게 해야하는걸까. 덜컹덜컹, 기차가 출발한다. 나는 이 곳에 실려 한참을 흔들리다 어딘가에 도착할 것이다. 하지만 그가 건네온 마음은 놓아둘 곳을 찾지 못 했다. 그래서 낡은 때가 잔뜩 묻은 침대칸에 침낭을 깔고 누운 뒤에도 한참을 뒤척여야 했다.

어쩌면 먼지가 잔뜩 낀 것은 이 기차 안이 아니라 내 마음인지도.

나만의 페라리

드라마 '미생'을 재미있게 봐서일까. 세계 7대 불가사의라는 이유 때문일까. 요르단에 온 것은 순전히 페트라를 보기 위해서 였다. 페트라를 지은 나바테인의 후손 베두인들은 그 곳에서 생계를 꾸려나가고 있었다. 당나귀를 타라고 영업하거나 기념품을 팔면서. 여행을 하다보면 관광지마다 끈질기게 달라붙는 호객꾼들에 진절머리가 날 때가 있다. 인도나 이집트를 여행하기 힘든 이유 중 빠지지 않는 것이 끈질긴 호객꾼인데, 페트라의 베두인들도 만만치 않았다. 돈이 없다고 거절을 하면 씩 웃으며 이렇게 외쳤으니까.

"현금 대신 비자, 마스터 카드도 가능하다고!"

뭔가 어울리지 않는 풍경이다. 전통 의상을 입은 베두인의 입에서 나온 말이라니. 2천 년이 넘은 역사와 왠지 모를 신비로움을 간직한 이 곳에서도 호객 행위가 난무할 줄은 몰랐으니까. 나에게도 당나귀를 타라며 몇 명이 달라붙었다. 하지만 호객꾼을 물리치는데 익숙해진 나는 쳐다도 보지 않고 단호하게 거절했다. 이 정도면 물러설 법도 한데 무하메드는 유독 끈질기게 계속 따라온다.

"헤이, 코리안 걸! 당나귀를 타라고. 모나스트리까지는 꽤 많이 걸어야해."

"당나귀 안 타! 돈 없단 말이야. 걸어 갈거야."

한 다섯 번쯤 거절했을까. 무하메드는 갑자기 내 앞을 가로막았다.

"오케이. 그러면 너 나랑 친구하지 않을래?"

이게 무슨 생뚱맞은 소리지. 계속해서 당나귀를 타라며 영업하더니 무슨 꿍꿍이인걸까. 살짝 의심을 하며 그를 쳐다봤다. 왠지 나쁜 마음으로 나에게 접근한 것 같지 않다는 생각이 들었다.

"그래, 친구하자! 대신 이제 귀찮게 하지마. 나 빨리 모나스트리까지 가야해."

친구, 그게 뭐 어렵나. 길 위에서 만나 반갑게 인사하고 헤어지면 그게 친구지. 나는 가볍게 대답하고 가던 길을 가려고 했

다. 그런데 갑자기 그가 자신의 당나귀에 타라고 한다. 페트라의 최종 목적지인 모나스트리까지 안내하겠다면서.

"응……? 너 돈 벌어야지. 나는 진짜 돈이 없어. 걸어가야 해."

"친구한테는 돈 안 받아. 어서 타!"

몇 번을 거절해도 확고한 그의 표정에는 흔들림이 없다. 결국 나는 당나귀에 올라탔다. 무하메드는 해맑은 웃음을 지어보이며 한 마디를 덧붙인다.

"이 당나귀가 오늘은 너만의 페라리야."

그는 하루종일 내 곁을 따라다니면서 모나스트리 뿐만 아니라 페트라 구석구석을 보여줬다. 그것도 모자라 기념품 가게를 운영하는 가족에게 나를 데려가 새로 사귄 친구라고 소개하고, 전통 차랑 빵까지 대접해줬다. 프리 투어를 마치고 난 후에는 다시 초입부에 있는 알 카즈네 앞에 세워주기까지! 무하메드 덕분에 완벽한 하루를 보냈다. 당나귀에서 내리는데 기념품을 팔던 다른 베두인 친구가 무하메드에게 아는 척을 한다.

"무하메드, 그 친구는 누구야?"

"안녕, 아브라함. 새로 사귄 한국인 친구야. 영은, 난 이제 가야하니까 조심히 들어가. 만나서 즐거웠어!"

혹시라도 마지막에 돈을 요구하지 않을까 싶었던 걱정이 무색하리만큼 무하메드는 쿨하게 인사를 하고 돌아섰다. 무하메드가 떠나고 나자 이번에는 아브라함이 호기심어린 표정으로 나를 쳐다본다.

"난 아브라함이야. 나랑도 친구하지 않을래?"

오늘따라 친구 복이 터졌다. 나는 터져나오는 웃음을 감추지 않으며 알겠다고 고개를 끄덕거렸다. 앉아서 기념품만 팔던 것이 꽤 지루했는지 그는 쉴새없이 떠들어댔다. 무하메드가 오늘 하루 나의 투어가이드였다면, 아브라함은 역사 선생님 같았달까. 미처 몰랐던 페트라의 역사에 대해 하나씩 설명해준다. 어느덧 폐장시간이 다가왔다. 나는 아브라함에게 이제 가야한다고 말을 했다. 그러자 그는 아쉬워하며 나에게 팔찌를 건네주었다.

"영은, 이건 선물이야."

"이거 팔아야 하는 거 아니야? 나 진짜 괜찮아."

"친구가 된 기념으로 주는 거야. 페트라에서 만난 우리들을 잊지마."

그가 준 팔찌를 만지작거리며 거대한 알 카즈네를 뒤로하고 입구를 향해 걸어간다. 오늘 하루 나에게 일어난 일들이 꿈만 같다. 그들을 단순히 호객꾼으로 생각했을 때와 친구로 대했을 때의 태도가 이렇게나 달라졌다니. 아마 손님과 장사꾼의 사이가 아니라 사람과 사람으로서 대화를 한 것이 오랜만이었는지도 모른다. 어쩌면 관광객들만 가득한 페트라 안에서 자신의 이야기를 들어줄 친구가 필요했던 것은 아닐까. 앞으로 페트라를 떠올리면 무하메드와 아브라함이 생각날 것 같다. 여전히 그 곳에서 새로운 친구를 기다리고 있을 그들이.

가족이 생겼다

배낭여행자들의 블랙홀이라 불리는 다합에 도착했다. '블랙홀'은 며칠만 머무르려다 몇 달간 발이 묶이는 곳이라고 여행자들이 붙여준 별명이다. 당시 이집트 경제는 환율이 반토막 난 상황이었다. 현지인 입장에서는 안타까운 일이지만 나 같은 여행자는 경제적 부담이 덜해진 덕분에 오랜 기간 여행을 즐길 수 있었다.

나도 2주, 딱 2주만 머무를 생각이었다. 여행을 시작한 지 100일도 안 된 시점이라 내 마음속은 다합 이외에도 가보고 싶은 곳들로 넘쳐났다. 이 작은 도시에서 2주나 머무르는 것도 저렴한 가격으로 스쿠버다이빙 자격증을 딸 수 있다는 이유뿐이었다. 먼저 한국인 사모님과 이집트인 알리가 운영하는 썬 게스트하우스를 찾아갔다. 며칠간 머무를 방 값을 계산하고 밖으로 나갈 준비를 한다. 그 때까지만 해도 꿈에도 몰랐다. 2층 침대 세 개가 다닥다닥 붙어있는 30파운드짜리 도미토리룸에서 새로운 가족이 생길 줄은.

다이버샵에 몇 군데 들려 가격을 비교한 뒤, 가장 마음에 드는 곳에서 스쿠버다이빙 자격증 반을 등록했다. 이제 쉬엄쉬엄 동네를 걸어본다. 역시나 두어시간 만에 볼거리가 동이 났다. 아직은 여행자들이 왜 그렇게 다합이 좋다고 극찬을 했는지 실감이 나지 않았다. 숙소로 돌아오자 낯선 얼굴들이 나를 반긴다. 2년간 세계를 떠돌다가 마지막 여행지로 다합을 선택한 준환 오빠, 네덜란드 교환학생을 하며 독일 케밥만 잔뜩 사먹었다는 주영오빠, 나와 비슷한 루트를 거치며 여행하다 드디어 만나게 된 병찬오빠, 길쭉한 팔다리를 덮은 흰 피부가 한국을 떠난지 얼마 안 되었음을 보여주는 현영이까지. 공통점은 한국인이라는 것과 이 곳에 오는 다른 이들처럼 스쿠버다이빙 자격증을 취득할 것이라는 것 뿐이었다. 어색한 인사를 주고받은 뒤 이층 침대에 누웠다. 푹 꺼진 매트리스에 눕자마자 울리는 삐그덕 소리와 함께 다합에서의 첫 날이 저물었다.

다음 날부터 본격적으로 스쿠버다이빙 교육이 시작되었다. 수업은 오전 시간에만 진행되었고 오후에는 일정이 텅 비었다. 다합에 아는 사람이 없었던 나는 자연히 같은 숙소에 있는 사람들을 만나 시간을 보내게 되었다. 우리는 해변가에 줄지어 서 있는 레스토랑 투어를 다녔고, 젤라또 가게에서 40가지 맛이나 되는 아이스크림을 골라먹으며 서로의 취향을 알게 되었다. 어느 순간부터 다이빙이 끝나는 시간이 기다려지기 시작했다. 매일 불확실한 날들로 가득차있던 여행 길에서 저녁마다 만날 사람들이 있다는 것이 새롭게 다가왔기 때문이다.

일주일 후 오픈워터와 어드밴스드 자격증에 내 이름을 새겼다. 이제 소기의 목적은 달성했다. 약 5일 정도 남은 다합 생활을 어떻게 보낼까 생각하던 중 오늘밤 한인 카페에서 여행자파티가 열린다는 소식을 들었다. 재미있을 것 같아 숙소 친구들에게 같이 가자고 했다. 별 다른 일정이 없던 현영이, 준환오빠와 함께 파티에 참석했다. 그런데 이상하게 흥이 나지 않았다. 다이빙 샵과 숙소에서 만난 사람들 외에는 아는 사람들이 없어서 그런가. 파티에 참석한 사람들은 최소 두 달 이상 다합에 눌러앉아 있던 사람들이었다. 이미 친해질대로 친해진 사람들 사이에서 나는 갑자기 온 손님이 될 수 밖에 없었다. 슬그머니 자리를 빠져나오려고 하는 순간, 현영이와 준환오빠도 일어서는 것이 보였다. 눈이 마주친 우리는 씩 한 번 웃어보인 채 같이 밖으로 나왔다.

"현영아, 왜 빠져나왔어? 더 놀아도 되는데."
"친한 사람들도 없고 재미가 없었어. 난 우리 숙소 사람들끼리 같이 노는게 제일 재미있더라! 언니는 언제까지 다합에 있을 거야?"
"음, 글쎄. 아마 다음 주쯤 떠나지 않을까."

"난 다이빙이 너무 재미있어서 더 있고 싶어! 언니오빠들이랑 노는 것도 좋고. 이렇게 아니라 그냥 우리 집 구해서 같이 살아볼래? 낯선 도시에서 한 달 살아보는 것도 좋은 경험이지 않을까?"

아마 물놀이가 잘 맞았던 현영이에게는 천국이었을 것이다. 준환오빠는 한국으로 돌아가는 일정이 정해지지 않아 상관없다며 내 결정에 따르겠다고 했다. 저렴한 물가 때문에 세계여행 중 한 달 살기를 한다면 다합이 어떨까라는 상상은 해본 적이 있다. 하지만 이 곳이 한 달이나 머무를 가치가 있는지 확신이 들지 않았다. 고민하는 사이 어느새 숙소 앞에 도착했다. 방문을 열자 파티에 오지 않았던 주영오빠와 병찬오빠가 반겨준다. 우리를 빼놓고 가서 재미가 없었던 거라며 우쭐거리는 그들이 얄밉지 않다.

이 낡은 게스트하우스가 뭐라고 마음이 편안해지는 걸까. 불편한 자리에 있다가 와서 그런지 여기가 꼭 집처럼 느껴졌다. 이들과 함께라면 다합 생활도 재미있게 보낼 수 있지 않을까. 우리에게는 아직도 가보아야 할 레스토랑이 줄지어 서있고 못 먹어본 아이스크림도 많으니까 말이다. 떠돌기만 하는 여행자 신분에 집이 생기고 가족이 생긴다니. 바쁘게 이동하며 다녔던 지금까지와는 다르게 새로운 경험이 될 것 같았다.

"그래, 내일 당장 렌트할 집을 보러 다니자. 그럼 오늘 일기 제목은 이렇게 써야겠다! '가족이 생긴 날'!"

우리집 전용 주방장 준환오빠, 수박 자르기 담당 주영오빠, 바닥쓸기 신공을 보여준 병찬오빠, 귀여운 막내 현영이, 그리고 자타공인 집 주인은 나. 그렇게 얼굴도 이름도 모른 채 20여 년이 넘는 시간을 살아왔던 우리는 하루 아침에 '가족'이 되었다.

* 2017년 3월 기준으로 1 이집션 파운드는 약 63원이다. 다합에 장기로 거주하는 한국인들은 보통 큰 집을 하나 빌린 뒤 네다섯 명이 같이 산다. 방 2개짜리 큰 집이 약 4천 파운드니까 다섯 명이 나누면 월 5만원 정도 되는 돈으로 한 달을 살 수 있다. 다만 요즘은 월세가 많이 올랐다고 한다.

다합 한 달 살기

1

'Yes, I'm Famous' 손수레가 보이면 얼른 달려가야 한다. 아저씨를 놓치면 고급 레스토랑이 부럽지 않은 단 돈 10파운드짜리 코샤리(콩, 쌀, 옥수수, 마카로니 등을 섞어 삶은 뒤 토마토 소스 등을 뿌려 만드는 이집트 전통음식)를 못 먹으니까.

2

바다는 지구 표면의 70% 이상을 차지한다. 그래서 바다를 여행하지 않는 사람은 70%나 보지 못 하는 거라고. 스쿠버다이빙을 하면서 나는 그 일부를 탐했다. 이틀에 한 번은 포인트를 바꾸어가면서. 어쩌면 다합 생활의 핵심인 것.

'코샤리'를 먹어야해

Ocean, Ocean

3

금요일마다 다합에 거주하는 여행자들이 나와 음식, 액세서리, 용품 등을 사고파는 프리마켓이 열린다. 나는 이 곳에 빠짐없이 참석했다. 왜냐하면 매번 다른 케이크를 맛보기 위해서! 한동안 내 별명을 '케이크 귀신'으로 만들어준 일등공신.

4

'처칠 바'에서는 시원한 생맥주를 판다. 다이빙을 끝낸 후 이 곳에서 맥주 한 잔을 들이켜는 기분이란! 오후 6시에서 7시 사이에는 반드시 야외테라스 자리에 앉아야만 한다. 하늘이 온통 분홍빛으로 물드는 것을 볼 수 있으니까.

5

오늘의 메뉴는 스테이크로 정하고 아쌀라 시장에 가서 소고기(라고 생각했던 것)를 사왔다. 그것이 정체가 아주 크고 싱싱한 소 간 두 덩이라는 사실을 알아차리기까지는 오래걸리지 않았다. 그날 우리의 저녁 메뉴는 간 구이, 간 볶음밥, 간 치즈쌈, 간 야채전. 굽고, 볶고, 삶고, 부쳤다. 한국에 돌아가면 돼지 간조차 눈길도 안 줄테다.

Beer & Sky

6

다합 최고의 젤라또 가게 '아이스버블'. 하루에 한 번은 꼭 들려 아이스크림을 사먹었다. 이집트 한복판에서 이탈리아를 여행하고 있는 기분이 들게 하는 맛이랄까. 40가지 맛을 하나씩 맛 볼수록 떠날 날이 다가온다는 생각이 든다.

7

가끔씩 베두인 캠프에 갔다. 다합의 전용 택시인 트럭 뒤편에 앉아 20분 정도 밤 바람을 맞으며 달리면 도착한다. 캠프에서 모닥불을 피워놓고 이야기꽃을 피우다 뒤로 드러눕는다. 그때 보았던 수많은 별들은 아마 평생 잊을 수 없을거야.

8

이 모든 것을 한 달 동안 가족들과 함께 했다. 다합을 떠나기 전 마지막으로 한 일은 가족 사진 찍기. 지금 이 순간을 네모난 프레임 안에 영원히 기록해놓기.

25살의 봄

10분만 걸어도 숨이 막혀오던 뜨거운 태양빛을 사랑했어요. 깊은 바닷속을 수놓은 형형색색의 산호와 물고기들을 사랑했어요.

소파에 앉으면 창문 너머로 보이던 에메랄드빛 바다를 사랑했어요. 집으로 돌아가는 어두운 골목길을 뒤따라오며 환하게 밝혀주던 별들을 사랑했어요.

하지만 살면서 다시 다합에 돌아올 일은 없을 것 같아요. 이 모든 걸 사랑하게 된 이유는 지금 이 시기를 함께 보냈던 당신들이니까요. 처음에는 참 많이 슬펐어요. 이 작은 도시에서 만나 가족처럼 엉켜붙어 살던 인연들을 시간이 지나면 이 모습, 이 마음 그대로 만날 수 없을 테니까요.

하지만 그렇기에 더 소중할지도 몰라요. 이 곳에서 보낸 3, 4월은 아름다운 봄이었어요. 다시는 돌아오지 않을 25살의 봄을 채워준 꽃들은 바로 당신들이에요.

Give me, a pen

"Give me, a pen. Pen, please."

투어 차량이 멈추자 꾀죄죄한 옷을 입은 아이들이 달려든다. 나는 끓고 있는 용암을 가까이에서 볼 수 있다는 에르타 알레 활화산 투어를 가는 중이다. 펜이 없다고 손짓을 하자 이번에는 초콜릿을 달라고 한다. 내 주머니에는 초코바가 다섯 개 들어 있다. 하지만 선뜻 그들에게 건넬 수는 없다. 화산을 보기 위해서는 높은 온도를 견디며 4시간 동안이나 트레킹을 해야 하니까. 탈진을 예방하기 위해서는 물과 에너지 보충을 위한 초코바가 필수였기 때문이다.

초콜릿이 없다고 하자 아이들은 풀이 죽은 표정으로 차에서 떨어진다. 유리창에는 흙먼지 손바닥 자국이 남았다. 가이드는 이런 상황이 자주 있었다는 듯 귀찮은 표정으로 손을 몇 번 휘젓더니 다시 시동을 켠다. 차를 타고 가는동안 선명하게 찍혀 있는 흔적이 자꾸만 눈에 들어왔다. 왠지 고개를 들 수가 없었다. 내가 그동안 간간이 해왔던 후원이 가식적으로 느껴져서.

실제로 마주한 아이들의 배고픔보다 내가 힘들 때 먹을 비상식량을 챙기는 것이 더 중요하다니. 화산을 보기 전부터 내 얼굴은 이미 붉게 달아올라 버렸다. 화산이 붉은 색이라 얼마나 다행인지.

역시나 화산 트레킹은 쉽지 않았다. 발이 푹푹 빠지는 사막 같은 곳을 오랫동안 걸어가야 해서 체력 소모는 더욱 심했다. 내가 할 수 있는 최선은 다섯 개의 초코바를 최대한 아껴먹으며 세 개를 남기는 것이었다.

트레킹을 끝내고 다시 시내로 돌아오는 길. 중간에 정차할 때마다 남은 초코바 세 개를 아이들에게 하나씩 나누어주었다. 비록 처음에 보았던 그 아이들은 아니었지만.

아이들이 환하게 웃는 모습을 보면서 나는 죄책감을 조금 덜어낼 수 있었다.

노동의 가치

뜨거운 태양볕에서 그들은
무미건조한 표정으로 소금을 캐고 있다.

'똑.'
눈물인지 땀인지 모를 투명한 것이
뒤엉켜 떨어져내린다.

가만히 지켜보던 친구는 더운 날에 고생을 하면서도
돈을 많이 벌지 못 하는 것이 불쌍하다고 말한다.

"저들만의 방식으로 열심히 살아가고 있잖아.
우리의 소득수준과 비교하며
불쌍하다고 바라보는 것이 더 나쁜 시선 아닐까."

햇볕에 반사된 그들의 모습은 눈이 부셨다.
일하는 자가 흘리는 땀방울은
소금보다 더 반짝이기 마련이니까.

살아있는 것 같아서

"쉿, 조용. 저기 사자가 있다! 방금 누를 사냥했나봐."
"엇, 저기 하이에나가 있는데? 누 시체를 노리는 것 같아."
'꾸웨엑!'
"이게 무슨 소리지? 저 쪽으로 가보자!"

사파리 투어 가이드 깁슨은 하이에나의 비명소리가 들렸던 곳으로 차를 돌렸다. 그 곳에는 사자가 번뜩이는 눈빛을 한 채, 하이에나의 목덜미를 물고 서있었다. 누의 시체를 노리며 주위를 빙빙돌던 하이에나를 사자가 잽싸게 사냥한 것이다. 차량 주위로 피비린내가 확 번져온다. 하이에나는 아직 숨통이 끊어지지 않았다. 고통스러운 듯 마지막으로 발악하는 것을 보니. 사자는 여전히 목덜미를 물고 그가 천천히 죽어가기만을 기다리고 있다. 티브이 다큐멘터리에서나 볼 법한 현장을 눈 앞에서 마주한 것이다.

어렸을 적 갔던 동물원에서 사자를 본 적이 있다. 창살 너머로 보이던 사자는 하루종일 잠만 자고 있었다. 그 모습이 꽤 귀엽기까지 했다. 그런데 아프리카 초원 위를 달리며 사냥을 하는 날쌘 사자를 보니 왜 밀림의 왕인지 이제야 알 것 같았다.

이 곳은 말 그대로 대자연이었다. 사슴에게는 톰슨 가젤, 임팔라, 하트비트라는 다양한 종류의 이름이 있다는 걸 알게 되었고, 온순해보이던 하마는 물 속의 무법자라 불릴 정도로 위험한 동물이었다. 코끼리 가족은 눈에 띄게 거대한 덩치 덕에 위엄이 있었고, 기린은 나무보다 큰 키를 자랑했다. 야생에서 본 그들의 생기 넘치는 모습은 진짜 살아있는게 뭔지 보여주는 듯 했다. 관광객의 눈요기를 위해 철조망 안에서 삶을 유지해나가는 것과는 확실히 달랐다.

문득 여행을 떠나기 전 퇴사를 앞두고 심란해하던 날이 떠오른다. 아주 오랜만에 고등학교 동창한테서 연락이 온 날이었다. 군 입대를 했다는 소식을 들은 이후로 연락이 끊겼는데, 벌써 전역한 지 1년 반이 지났단다. 그에게 조심스럽게 털어놓았다.

"힘들었어. 시간이 지나도 도무지 인생이 행복해지지 않더라고. 그래서 무모하지만 직장을 그만두고 새로운 길을 걷기로 결심했어. 나 고등학교 때도 이렇게 당돌했나?" 단 0.3초도 망설이지 않고 수화기 너머로 대답이 들려온다.

"응, 너 원래 그랬어."

맞다. 나 원래 이런 애였지. 언제나 당당하게 내가 옳다고 생각한 것은 꼭 해내고 말던 아이. 어색하기만 했던 정장이 익숙해질수록 본 모습이 아닌 잘 만들어진 직장인이 내 자리를 채워갔다. 좋아하지 않는 상사 앞에서도 웃어야 했고, 튀지않는 사람이되어야 환영받았다. 현실에 발을 맞추어 살아가다보니 정작 내가 어떤 사람인지는 잊고 살아왔던 것이다.

요즘은 예전의 나를 되찾아가는 기분이다. 길 위에서는 스스로가 주체가 되어 결정을 하고 책임을 지는 선택지들만 있을 뿐이니까. 그래서 자유로이 뛰노는 동물들을 보는게 왠지 모르게 뭉클하기까지 했다.

살아있는 것 같아서.
이제는 나도 정말 살아있는 것 같아서.

그리운 사람이 그리워질 때

물장난을 치다가 더위에 지쳐
자리에 털썩 주저앉는다 차가운 기운을 끌어당기고 싶어
발 끝을 해변에 살짝 담가 본다

조개 껍질도 아프리카의 태양이 뜨거웠나보다
내 옆에 조심스레 함께 앉는걸 보면
고운 백사장이 꼭 스케치북 같아서
매끈한 조개껍질을 하나 골라들고
지구 반대편에서 그리운 이의 이름을 써내려간다

가슴 속 깊숙한 곳에 묻어 두었던 이름을
애써 한 글자씩 새겨놓았더니
파도가 데리고 홀연히 사라진다

파도가 떠난 자리에는 새하얀 물거품만 일렁인다
이왕이면 아주 먼 곳으로 떠내려갔으면 좋겠다
좁은 내 마음속에 품기 벅찼던 그리움을
이제는 드넓은 바다가 품어줄테니

때로는 어린 아이처럼

내게 어른이 된다는 것은 그랬다.
할 수 없는 것들이 점점 늘어나는 것.

힘든 일이 있을 때 남들 앞에서 엉엉 울어버리기.
비를 맞으며 좋다고 뛰어다니기.
가지고 싶은 게 있으면 무작정 사버리기.
안 될 걸 알면서도 잔뜩 고집부리고 떼를 써보기.
때로는 하고 싶은 일을 하고 싶다고 말하는 것과
하기 싫은 일을 하기 싫다고 말하는 것까지도.

빅토리아 폭포는 우기라서 그런지
한 치 앞도 안 보일 정도로 물보라가 일었다.
우비를 쓰고 있어도 홀딱 다 젖을 정도로.

물보라가 마치 소나기처럼 내린다.
그 아래에서 즐거워하는 내 모습이
바보 같으면서도 해맑다.

내가 이런 웃음도 지을 수 있는 사람이었구나.

물을 잔뜩 머금은 옷의 감촉이 선명해져 올수록
이상하게 기분이 좋아진다.
지금 내 모습을 거울에 비춰보면
딱 물에 빠진 생쥐 꼴일 텐데.
누군가의 시선에서 벗어나
이토록 즐거워하며 비를 맞아본 적이 있었나.

그래, 가끔은 이런 날도 있어야지.
어린 아이처럼 마음껏 떼쓰고,
별 거 아닌 말에 깔깔 웃어젖히기도 하고.
남들의 시선 따위 아랑곳하지 않고
하고 싶은건 그냥 해보는 그런 날.

어른이 되어서 할 수 없다고 생각했던 것.
어쩌면 어른이 만든 변명일지도

Believe Yourself

드디어 끝이 났다. 약 50일간의 아프리카 종단 여행이. 아프리카의 마지막 여행지는 남아프리카 공화국의 케이프타운이다. 이 곳에는 정상이 평평한 테이블처럼 생겨 붙여진 이름인 '테이블마운틴'이라는 산이 있다. 테이블마운틴은 케이블카와 약 3시간이 소요되는 트레킹 중 하나를 택하여 올라갈 수 있었다.

케이블카의 가격이 저렴하지는 않지만 못 탈 수준도 아니었다. 그런데 약간의 오기가 발동했다. 왠지 모르게 튼튼한 내 두 다리로 올라보고 싶었던 것이다. 안전하게 아프리카 여행을 끝낸 것에 대한 마무리를 하고 싶었달까.

그렇게 혼자서 테이블마운틴을 오르기 시작했다. 내리쬐는 햇볕은 강렬했고, 땀은 비 오듯이 쏟아졌다. 물을 계속 마셔도 타들어가는 갈증이 멈추지 않았다. 당장이라도 쓰러질 것만 같아 케이블카를 타지 않은 것이 조금 후회가 되었다. 그래서 트레킹을 마치고 내려오는 이들을 마주칠 때마다 계속해서 물었다.

"정상에 도착하려면 몇 분이나 남았나요?"

제길, 죄다 곧 도착한단다. 벌써 한 시간 반이나 올랐는데. 외국이나 한국이나 이런 거짓말을 하는 것은 똑같다고 투덜거리며 계속 계단을 올랐다. 그러던 중 멀리서 호리호리한 체형을 가진 서양인 친구가 내려오는 것이 보였다. 이번에도 똑같았다. 그를 붙잡고 정상까지 시간이 얼마나 걸리냐고 물었다.

그런데 그는 무심한 표정으로 나를 쳐다보더니 딱 한 마디만 건넸다.

"Believe Yourself."

무언가 뒤통수를 망치에 세게 얻어맞은 기분이었다. 그가 시야에서 사라질 때까지 나는 한참을 그 자리에 서있었다. 이 한 마디에 실린 말의 무게를 소화시켜야 했으니까.

'나 자신을 믿으라니⋯⋯. 그래, 내가 멈추지만 않는다면 시간이 얼마나 걸리던지 간에 언젠가는 정상에 도달할 거야. 빨리 정상에 도착하는 것이 중요한 게 아니라 지금 이 길을 걷고 있다는 그 자체가 중요한 거였어!'

그가 옳았다. 트레킹을 끝내고 돌아가는 사람들한테 몇 분이나 남았는지 묻는 것은 의미가 없었다.

모두의 속도는 다르기 때문에 비교할 필요도 없고, 때로는 결과보다 노력하고 있는 과정 자체가 중요한 법이니까. 그러니까 무엇보다 중요한 것은 더딜지라도 조금씩 나아가고 있는 나를 믿는 것이었다.

이후로 나는 누군가를 마주쳐도 정상까지 몇 분이나 남았는지 묻지 않았다. 마침내 도착한 정상에서 내려다본 케이프타운 시내는 아름다웠다. 발아래에 구름이 둥둥 떠다녔고, 바람이 구름을 데려간 자리는 촘촘한 작은 집들이 메우고 있었다.

앞으로 살아가면서 몇 번이나 이 순간을 떠올릴 것 같다. 내가 나를 믿었기에 얻을 수 있었던 이토록 아름다운 풍경을.

세븐 비어는 원 슈니첼

조지아의 작은 산골짜기 도시인 카즈베기에 위치한 '코지 코너'. 통나무로 만든 집 위에 빨간 지붕을 얹은 것이 꼭 아늑한 산장 같다. 이 레스토랑은 정숙해보이는 모양새와는 달리 밤만 되면 가라오케로 변신한다. 식사를 하다가 들썩이는 음악이 들려오면 하나둘씩 자리에서 일어나 춤을 추는 것이다.

같은 게스트하우스에 묵고 있는 독일인 사촌형제 트비아스와 대니얼, 중국에서 온 카라와 새니, 폴란드에서 온 패트릭과 세바스찬. 이 낯선 조합은 시계가 밤 열한시를 가리키는데도 살아남은 자들이다.

한바탕 춤을 추고 나서 삥 둘러 앉아 쉬고 있는데 세바스찬이 이상한 게임을 제안했다. 바로 자기가 할 수 있는 일 중 가장 자신있는 것을 말하기. 한 마디로 제일 그럴듯한 장점을 말하는 친구가 이기는 거다. 대니얼이 장난기 가득한 미소를 짓더니 곧바로 손을 든다.

"난 하루에 맥주를 일곱 잔이나 마실 수 있어!"

"독일에서는 맥주 일곱 잔을 마시면 슈니첼* 한 개를 먹은 것과 똑같다고 말해."

유난히 말수가 적은 트비아스도 거든다. 역시 맥주의 나라 독일에서 온 친구들 아니랄까봐. 옆에서 지켜본 결과, 오늘 하루 동안 마신 맥주만해도 다섯 잔은 족히 될 것 같다. 갑자기 모두의 시선이 나에게로 향한다.

"영은, 너는 뭘 잘해?"

가볍게 날아온 질문이 내게는 다른 무게로 다가온다. 나는 뭘 잘 하는 걸까. 학창 시절 나 역시 잘한다고 생각했던 것들이 있었다. 백일장 대회에서 매년 상을 탔고, 긴 손가락 덕분에 피아노 연주가 그리 어렵지 않았다. 적극적인 성격 탓에 학기 초마다 반장이 되었고, 시험기간마다 벼락치기가 통하는 바람에 머리가 좋다고 여기기도 했다.

그런데 선뜻 내세울 수가 없었다. 여행 도중 감정을 차근차근 정리하며 글을 쓰는 것은 쉽지 않았고, 세월은 나를 악기 하나 다루지 못 하는 사람으로 만들었다. 때로는 낯선 사람들이 어색해서 말 한 마디도 없이 움츠러져 있기도 했다. 게다가 몇 번이나 확인해놓고서도 버스를 잘 못 타서 기억력을 원망한 적이 한두 번이 아니었다.

어쩌면 내가 잘한다고 믿어왔던 것은 학습된 재능이 아니었을까. 무언가 하나는 잘해야 한다는 강박관념 속에서 스스로 만들어낸 환상 혹은 금세 바스러져버리는 신기루 같은 것.

확실히 잘 하는 게 하나쯤은 있어야하는 세상이다. 입사 지원서의 자기소개서란에 빽빽이 장점을 채워넣고 내가 얼마나 뛰어난 인재인지 면접에서 증명해야 할테니까. 회사에 들어가기 위해 수없이 많은 자기소개서를 썼으면서 이런 질문을 받으면 내세울 게 하나도 없다니.

아무런 대답이 없는 내가 답답했는지 대니얼은 다시 '건배'를 하자고 제안했다. 독일어로는 'Prost'. 술이 들어가자 다시 분위기는 와자지껄해졌고 그렇게 우리들의 놀이는 싱겁게 끝이 났다. 열 두시가 되기 십오분 전에 숙소로 돌아가기 위해 자리에서 일어났다. 가로등이라고는 하나도 없는 깜깜한 길을 되돌아가면서 트비아스와 대니얼은 내게 말했다.

"야, 너 엄청 잘 웃고, 잘 먹잖아. 나는 이게 장점이라고 말하면 그게 바로 장점인 거지. 거창하게 생각하지마. 장점은 네가 만드는 거야."

"맞아, 영은. 그리고 너라면 우리처럼 하루에 맥주 7잔을 마시는 것도 가능할것 같아. 너에게는 천부적인 재능이 있다고."

곰곰이 돌이켜보면 내가 생각했던 장점은 나의 시선이 아닌 타인의 시선이 깃들어져 있었다. 누군가 인정해주어야만 하고, 수많은 사람들의 눈에 띄어야만 했다. 그래서 '나는 이런 것을 잘하는 사람이야'라고 말하지 못 하고 머뭇거렸다.

그 잣대는 돌아올 평가가 두려워 스스로 만든 것이었다. 온전한 나만의 시선으로 나를 바라봤을 때, 소소하지만 장점으로 여길 것들이 분명히 있었다. 나는 피곤해도 꾸역꾸역 일어나 만원 전철에 몸을 싣으며 성실하게 살아왔고, 이별의 아픔을 겪는 친구의 고민을 밤새도록 들어주며 위로를 건넬 수 있는 사람이었다.

세븐 비어는 원 슈니첼. 그 날 이후 이 말은 일종의 주문이 되었다. 가끔 내가 보잘 것 없거나 초라하게 느껴질 때마다 외치는 말.

세븐 비어는 원 슈니첼,
가끔 내가 보잘 것 없거나
초라하게 느껴질 때마다 외치는 말

차차는 위험해

〰〰〰

조용히 사색에 잠기는 시간을 좋아한다. 커피 한 잔을 시켜놓고 하루종일 카페에 앉아서 지나가는 사람들을 관찰한다거나, 홀로 맥주를 마시며 붉은색 물감 한 방울이 번져나가는 하늘을 바라본다거나.

그래서 혼자 여행을 하면서도 그다지 외롭지 않았는지 모르겠다. 누군가와 시끌벅적하게 어울리는 시간보다 스스로와 대화하는 시간을 더 좋아했기에. 하지만 조지아에서는 도무지 그럴 틈이 없었다. 여행 초반부터 게스트하우스에서 우연히 만난 트비아스와 대니얼과 내내 어울려 다녔기 때문이다.

이들은 물 대신 맥주를 마신다는 독일인이었고, 조지아에는 '차차*'라는 아주 위험한 전통주가 있었다. 차차는 도수가 사오십도 정도 되는 독한 술이다. 조지아는 따로 레스토랑을 가지 않아도 숙소에다 돈을 지불하면 주인이 가정식으로 저녁을 차려줬는데, 그럴 때마다 와인과 차차가 빠지지 않았다. 맥주와 와인, 차차가 뒤섞이다 보면 술에 약하지 않은 나조차도 금방 취해

버렸다.

　약 2주간 조지아 여행을 하면서 열흘은 취해살았달까. 바보 같은 소리를 하며 깔깔거렸고, 희대의 몸치인 내가 신이 나 절로 몸을 흔들었다. 다음 날은 어김없이 변기를 부여잡고 어제의 나를 미워했다.

　여행을 끝마치고 나서 어디가 가장 좋았냐고 물어오는 질문에 조지아를 꼭 빠뜨리지 않는다. 도대체 어떤 점이 그렇게 좋았냐고 물어오면 사실 잘 모르겠다. 스위스의 풍경을 빼닮은 설산들이나 마음이 맞는 외국인 친구들을 사귄 기억보다도 차차를 마시고 잔뜩 취해버린 날들이 먼저 떠오르니까.

　아마 원초적인 본능에만 집중하며 살았기 때문인지도 모르겠다. 여행 이후의 삶이나 사사로운 고민들을 떠올릴 겨를도 없이 그저 차차 한 잔과 친구들의 웃음소리에 취해버렸던 날들. 세상 모든 고민들을 끌어안고 산다고 해도 과언이 아닐 정도로 유독 잔걱정이 많은 나인데 말이다. 조지아 여행은 잠시라도 단순하게 사는 법을 배우는 과정이었다. 무엇을 먹을지, 어디서 잘지, 어디로 가야할지만 고민해도 되는. 아, 오늘은 얼마나 차차를 마실 건지도.

* 차차는 조지아식 보드카라고 불리며, 포도주 양조 과정에서 남겨진 부산물로 만든 증류주다.

어쩌면 인생은 나사를 하나 빼놓고 사는게 조금 더 즐거울지도 모른다. 걱정을 해도 변하는게 없다면 그런 것들은 잠시 내려놓고 술에 취한 사람처럼 눈 앞에 놓인 것만 즐기는거다. 그래서 우리는 여행을 떠나는걸지도 모르겠다. 잠시라도 우리를 둘러싼 모든 걱정거리에서 벗어나고자.

후에 폴란드에서 코지 코너 레스토랑에서 만난 패트릭과 세바스찬을 다시 만났다. 그들은 카즈베기를 떠나기 전날 차차를 잔뜩 마시고 오후 3시경 일어나 결국 버스를 놓쳤다며 킬킬거린다. 어후, 이 녀석들. 나보다 더한 놈들이었다.

너 읊을 줄 아는 시가 뭐야?

새벽 6시, 리비우 기차역에 도착했다. 키예프에서 출발한 야간 기차는 꽤나 안락했다. 물론 침대에 비할 바는 아니었지만. 거리에 깔려있는 아침 안개는 아직 이 도시가 잠들어있다고 속삭여주는 듯 했다. 움직이는 것이라고는 오래된 건물들 사이를 달리는 낡은 트램 뿐.

한껏 예스러운 분위기를 느끼며 텅 빈 거리를 걸어보았다. 순간 1800년대 리비우에 도착한 것이 아닐까라는 발칙한 상상을 해본다. 마차를 이끄는 말발굽 소리와 19세기 동유럽 특유의 화려한 의상들이 스쳐지나갔다.

호스텔에 도착해 이른 체크인을 하고 곧바로 거리로 나섰다. 발걸음이 이끄는 대로 걷다가 멈추어선 곳에서 노릿노릿한 빵내음이 흘러나온다. 아직 문을 열지 않은 카페 앞에서 잠시동안 기다린다. 첫 손님이 되어보고 싶었다. 한 눈에 보아도 이 도시에 처음 도착한 것을 알 수 있을만큼 호기심에 잔뜩 물든 눈동자를 이리저리 굴리는 첫 손님.

마침내 경쾌한 방울 소리가 울리며 문이 활짝 열린다. 잔뜩 부풀어오른 크루아상들이 저마다 자기를 선택해달라고 뽐내고 있다. 아메리카노와 딸기 생크림 크루아상을 주문하고 테이블 구석에 가서 자리를 잡았다.

문 밖으로 다양한 사람들이 지나간다. 넥타이가 삐뚤어진 것도 모르고 커피를 들고 바삐 뛰어가는 아저씨, 멋들어진 원피스를 차려입은 채 핸드백을 들고 도도하게 걸어가는 아주머니, 앞머리칼을 휘날리며 자전거를 타고 등교하는 학생들. 고소한 크루아상 냄새와 커피 내리는 소리만 울려퍼지는 카페 안쪽과는 사뭇 다른 풍경이다.

카페를 나와 한참동안 리비우 시내를 돌아다녔다. 공원에서 체스를 두는 할아버지들 틈에 끼어 아무나 이기라고 응원하기도 하고, 저렴한 우크라이나 물가를 만끽하며 쇼핑을 하고 오페라 극장도 다녀왔다. 오늘 하루도 꽤나 잘 보낸 것 같다. 이제는 저녁을 먹기 위해 호스텔로 돌아왔다.

라면을 끓이려고 냄비를 찾고 있는데 갑자기 주방이 시끌시끌해진다. 뒤를 돌아보았더니 열두 개의 눈동자가 나를 향하고 있었다. 여섯 명의 꼬마 친구들에게 어색한 인사를 건넸다. 그들은 종교행사에 참여하기 위해 러시아와 우크라이나의 다른 지역에서 왔다고 했다. 이젠 내 차례다. 영어도 잘 못하는 아이들에게 내 상황을 설명해봤자 이해하지 못할 것 같았다. 그래서 한국에서 온 대학생이라고 간단하게 소개했다. 그러자 금발 머리의 꼬마 아가씨가 똘망똘망한 눈으로 물어온다.

"우와, 대학교에 다닌다고? 너는 읊을 줄 아는 시가 뭐야?"

잠시 말문이 막혔다. 생전 처음 들어보는 질문이었다. 혹시라도 영어를 잘 못 알아들은 것일까봐 한 번 더 되물었다.

"시? 시(Poem)를 말하는 게 맞아?"
"그래, 시 말이야! 예를 들면 알렉산드르 푸시킨이나 로미오와 줄리엣을 지은 윌리엄 셰익스피어가 쓴 시 말이야. 세계적인 시인이 아니더라도 한국에서 유명한 시를 들어보고 싶어."

생각지도 못한 질문 앞에서 도저히 떠오르는게 없었다. 진지한 표정으로 내 대답만 기다리는 이들을 바라보니 뭐라도 말을 해줘야 할 것 같은데.

"나는…… 읊을 줄 아는 시가 없는데."

쭈뼛거리며 솔직하게 털어놓자 아이들의 얼굴에 실망한 기색이 역력하다.

　"너희들은 학교에서 시를 배워?"

　"당연하지! 우리는 어렸을 때부터 성인이 될 때까지 배워. 시를 외워서 낭송하는 것이 매번 시험으로 나오는걸. 그래서 성인이 되면 누구나 하나쯤은 읊을 줄 아는 시가 있어."

　바쁘게 돌아가는 요즘 세상에 시라는 것이 무슨 소용이 있겠냐고 생각했다. 하지만 동유럽에서 만난 반짝이는 눈망울의 아이들은 그 가치를 알고 있는 듯 했다.

　하나의 시를 품고 살아가는 저들의 마음 속은 얼마나 따뜻할까. 텅 빈 방의 불을 끄면서 마음에 드는 구절이 담긴 시 한 편 정도는 읊을 줄 아는 사람이 되어야겠다고 다짐한다. 책 한 권 읽기 어려울만큼 고단하게 살아왔던 나의 일상을 돌아보면서.

꽃 한 송이 선물한 적 있나요

가만히 앉아 사람들을 관찰한다. 저녁을 먹기에는 애매하고 그렇다고 무언가 보러가기에는 금방 어두워질 시간. 광장에 멍하니 앉아 있기 딱 좋은 시간이다. 중앙에서는 아저씨가 비눗방울을 끊임없이 만들어내고 있다. 아이들은 까르르 웃으며 비눗방울을 좇는다. 하늘 높이 솟아오르는 비눗방울이 아이들의 웃음소리와 함께 뛰어다닌다.

언제부터인가 하늘을 날아다니는 비눗방울을 보아도 더 이상 쫓아가지 않았다. 금세 터져버리고 만다는 것을 알고 있으니까. 저 아이들은 어쩌면 자신의 순수함을 좇고 있는 것이 아닐까.

슬슬 배가 고파오는 것도 같다. 자리에서 일어나 숙소로 향하려는데 길 모퉁이에 앉아 꽃을 파는 아주머니가 보인다.

가까이 다가가 살펴보려다 고개를 저었다.
'장기여행자 신분에 무슨 꽃이야.'

문득 살면서 스스로에게 꽃 한 송이를 선물한 적이 있었나 싶다. 어느 순간부터 꽃은 금방 시들어버리니 실용적이지 않은 선물이라고 생각했다. 어릴 적에는 꽃을 참 좋아했는데, 어느새 어른이 되어버린 걸까. 결국 나는 장미꽃 한 송이를 집어들었다.

돌아가는 발걸음이 가볍다. 별 향기가 나지 않는 것을 알면서도 자꾸만 꽃봉오리를 코 끝에 대본다.

호스텔에 도착해서 빽빽한 도미토리 침대 머리맡에 조심스레 꽃을 놓아두었다. 무미건조한 어른이 되지 말자고 다짐했던 어린 날의 나를 떠올리면서.

완벽한 휴가

그녀는 술에 취해있었고 어설픈 영어를 구사했지만 눈빛만은 확신에 차 있었다.

"풀라에는 잠깐 휴가를 보내려고 왔었어. 그리고 그를 만났지. 그는 그림을 배우고 싶으면 이 집에 오래 머물러도 좋다고 했어. 어릴 적 화가가 꿈이었던 나는 이곳에 머무르게 되었고, 어느새 14년이나 지나버린 거야!"

풀라의 호스트 마르코는 저녁을 먹고 나서 이웃집에서 열리는 악기 연주회에 가자고 했다. 딱히 흥미는 없었지만 할 일이 있던 것도 아닌지라 그를 따라나섰다. 그곳은 한 부부의 집이자 예술가들의 작업 공간이었다. 플루트를 이용한 클래식 연주회가 끝나고 본격적으로 시작된 파티에서 술에 취해 상기된 얼굴을 한 그녀를 만난 것이다.

"확신은 없었지만 한 번 해보기로 결심했어. 나는 이탈리안이라 영어를 잘 하지 못 해. 하지만 오늘 네가 꼭 이걸 알고 갔으면 좋겠어. 꿈이 있다면 문을 두드려봐. 어떻게든 길이 생길거야."

그녀는 내 손을 잡아 이끌고 자신이 그린 그림이 가득한 방으로 안내했다. 그리고는 혹시나 내가 서툰 영어를 알아듣지 못할까 봐 문을 두드리는 시늉까지 하며 무언가 필사적으로 전달하려 노력했다.

"세계를 여행 중이라고? 왜 여행을 나온 거니?"
"인생을 바꾸어보고 싶었어요. 지금까지와는 전혀 다른 새로운 삶을 시작하고 싶었거든요."

내 이야기를 끝마치기도 전에 그녀는 '브라보'부터 외쳤다.

"난 너를 완전히 이해해. 다시 한 번 기억해. 너는 뭐든지 할 수 있어. 나를 봐. 난 휴가를 보내려고 풀라에 왔을 뿐인데 이건 내 직업이 되었지. 아, 물론 이제 '진짜 휴가'가 필요하긴 해!"

그녀의 눈에 비친 백열전구가 반짝거린다. 빨갛게 달아오른 그녀의 얼굴은 환희에 가득차 있었다. 마냥 알코올에 취한 것만은 아닌 것 같다. 행복, 어쩌면 저게 바로 꿈을 이룬 자만이 가질 수 있는 최고로 행복한 표정일 것이다.

그렇게 그녀와 그녀의 스승, 아니, 이제는 그녀의 남편인 그들의 집을 나서면서 왠지 벅차오르는 감정을 숨길 수가 없었다. 확실히 그녀는 무모했다. 직장 생활을 하다 잠깐 휴가를 온 곳에 눌러 살게 되다니. 나였다면 상상도 못 했을 일이다. 하지만 그녀의 선택은 새로운 직업을 가지고 가정을 이루는 계기가 되었다.

거실에서는 베이스, 기타, 정체 모를 악기들의 소리가 조화롭게 울려 퍼지고 있다. 이곳에서는 벽을 치는 행위조차도 아름다운 음악으로 재탄생했다.

'여기는 참 이상한 곳이야. 조금은 대책없이 살아도 되고 내가 원하는 대로 무모하게 도전해봐도 된다는 용기를 주는 곳.'

어쩌면 내 인생의 불협화음 같았던 이 기나긴 여행도 새로운 기회가 될 날이 오지 않을까. 지구 반대편의 누군가는 그 무모한 선택이 새로운 행복으로 이끌었다고 외치고 있으니까.

아픈 기억 하나 정도는

가끔 몽글몽글한 기분에 젖어들고 싶은 순간들이 있다.

포르투 루이스 다리 위에서
정겹게 이야기를 나누는 커플들의 뒷모습을 바라볼 때,
잘츠부르크 잘차흐 강기슭에 돗자리를 깔고 앉아
피크닉을 즐기는 가족들을 바라보며 홀로 맥주를 마실 때,
전화기를 붙잡고 쉴새없이 조잘거리며
부다페스트 세체니 다리를 오가는 사람들을
덩그러니 앉아 지켜볼 때.

사람들 모두 누군가와 함께하고 있는데
나 혼자만 이곳에 존재하고 있는 것 같은 기분.

그럴 때면 나를 떠나간 이들에 대하여 떠올려본다.
빠르게 녹아내리는 달콤한 아이스크림처럼
사랑은 금세 흘러내렸다.

빈 자리가 가끔은 시려오기도 했지만

오늘처럼 분홍빛 일몰이 나를 감싸올 때
떠올릴 이 하나 없는 것 보다
아픈 기억 하나 정도는
간직하고 살아가는 것이 낫지 않을까.

유럽에 와서는 꽤 많은 카우치서핑 경험이 쌓였다. 헝가리, 크로아티아, 슬로베니아까지 여행하면서 어느덧 10명이 넘는 좋은 친구들이 생겼으니까. 시드니에서 설렘 반 긴장 반으로 처음 시도했던게 엊그제 같은데. 하나라도 더 베풀어주려하는 친구들에게 나도 즐거운 추억을 만들어주기 위해 노력했다. 헤어질 시간이 다가오면 항상 일정을 연장하면 안되냐는 말을 들었을 정도로. 이제는 카우치서핑을 통한 여행에 도가 텄다고 생각했다. 적어도 그를 만나기 전까지는.

체스키 크룸로프에서도 호스트를 만나기로 예정되어 있었다. 나는 워낙 잔걱정이 많고 꼼꼼한 성격이다. 카우치서핑을 통해 호스트의 집에 머무르기로 약속한 이후에도 급작스럽게 일정이 바뀔 수 있다고 생각했다. 그래서 일주일 전, 이틀 전, 하루 전마다 꼬박 확인 메시지를 보냈다. 매번 괜찮다고 답하던 호스트는 하루 전에 보낸 메시지에 갑자기 비즈니스 미팅이 잡혔다고 알려왔다. 내일 오후 2시쯤 되면 미팅이 언제 끝날지 알 수 있으니 연락을 주겠다면서.

내가 체스키 크롬로프 센터에 도착한 시각은 오후 3시였다. 도착하자마자 와이파이를 연결했지만 메시지함은 텅 비어있었다. 당황한 나는 어떻게 된 것이냐고 물었다. 그는 여전히 미팅 중이고 조금 늦어질 것 같다며 출발할 때 연락을 주겠다고 했다. 사업을 하다보면 예상치 못한 상황에 처할 수 있을거라 여겼다. 나는 혹시라도 그가 미안해할까봐 센터에 배낭을 맡기고 시내를 둘러보며 기다리겠다고 답했다. 넉넉히 관광할 수 있게 오후 6시 이후에 도착해도 괜찮다고 덧붙이면서.

살짝 불안한 마음은 있었지만 약속했으니 별 일 없을 것이라 생각했다. 만일 그가 못 올 거라면 호스텔을 잡으라고 하거나 안 된다고 말해줬을테니까.

잠시 걱정은 접어두고 동화 속으로 들어온 것만 같은 눈 앞의 풍경에 집중했다. 주황색 지붕들과 알록달록한 벽들이 블타바 강과 숲으로 둘러싸여 장관을 이루고 있었다. 사랑스럽다는 말이 절로 나오는 이 도시를 왜 유네스코에서 세계문화유산으로 지정했는지 알 것 같았다.

다시 센터로 돌아왔다. 시계는 저녁 6시를 가리키는데 그에게는 여전히 연락이 없다. 저녁을 먹으면서 메시지를 한 번 더 보냈다. 조금만 기다리면 곧 연락이 올거라 생각하고 레스토랑에 앉아 시간을 보냈다. 혹시라도 자리를 벗어나면 와이파이 연결이 끊어져 연락을 받지 못할까봐. 하지만 밤 10시가 넘어도 핸드폰은 조용했다. 결국 나는 미리 예약을 하지 못한 탓에 만실이 된 호스텔을 몇 개 전전하다 겨우 16인실 한 자리를 잡을 수 있었다.

확실히 유쾌한 경험은 아니었다. 그래도 메시지를 읽고 나면 최소한 미안하다는 짧은 답장 정도는 받을 것이라 기대했다. 하지만 다음날이 되어 메시지를 읽은 표시가 뜨고 나서도 그에게는 연락이 없었다. 나는 그가 무례하다고 생각했다. 종종 만나자는 약속을 한 후에 잠수를 타는 경우가 있다고는 들었지만 내게도 벌어질 줄이야. 기분이 언짢았지만 내가 할 수 있는 최선은 혹여라도 나와 같은 피해자가 생기지 않도록 그의 계정에 이 사건과 관련한 후기를 남기는 것 뿐이었다.

5일 후 핸드폰에 답글이 달렸다는 알람이 울렸다. 그 곳에는 'Crazy Youngeun Jang'이라는 제목의 웹사이트 주소와 나를 비난하는 글이 쓰여있었다. 자기가 가진 으리으리한 집과 공짜 음식이 탐난 여행자가 화가나서 모함을 하고 있다고. 이래서 어린 애(나를 Baby라 칭하며 비꼬고 있었다)는 혼자 여행을 하면 안 된다면서.

화가 머리 끝까지 치솟아서 손이 부들부들 떨렸다. 기다리

느라 고생했던 것도 모자라 이런 모욕감까지 느끼게 될 줄 몰랐으니까. 혹시라도 내가 영어를 잘 못 이해하고 실수한 것일까봐 친한 외국인 친구들에게 모든 대화를 캡처해서 보내주었다. 돌아오는 그들의 대답은 한결같았다. 카우치서핑을 이용하다보면 가끔 이상한 사람을 만나기도 하니 네가 이해하라고.

한참을 씩씩거리면서 곱씹고 나니 한편으로는 그가 불쌍해졌다. 그동안 어떤 사람들을 만나왔기에 나를 그런 사람으로 생각했을까. 어쩌면 그의 주위에는 그런 사람들로만 가득한 것이겠지.

불을 끄고 누워서 핸드폰 메모장을 켰다. 오늘 밤은 편지를 쓰고 잠에 들어야겠다. 체스키 크룸로프의 고독한 부자를 위해서.

,

고독한 부자씨에게

안녕하세요? 당신이 만들어준 'Crazy Youngeun Jang' 웹사이트는 감명깊게 봤어요. 인생에서 처음으로 누군가 저를 위해 만들어준 웹사이트거든요.

당신은 카우치서핑을 자신의 완벽함과 부를 과시하기 위한 용도로 사용하나봐요. 그 명성에 제가 흠집을 냈고 그게 마음에 안 들었으니 이렇게 웹사이트까지 만들어주신 것일테죠.

궁금한 것이 있어요. 지금까지 받은 좋은 후기들은 당신이 제공한 공짜 음식과 으리으리한 집 때문이고, 다른 사람들이 그것 때문에 카우치서핑을 이용한다고 생각하나요?

그렇다면 당신, 정말 불쌍한 사람이네요.

아마 주위에는 그런 사람들 뿐일테고 그 사이에서 위화감을 느끼기 때문에 확대해석을 한 것일테니까요.

당신은 'Baby'가 아닌 'Old man'이지만 저도 아는 간단한 사실을 모르는 것 같아요. 사람과 사람 사이는 당신처럼 모든 걸 '돈'으로 계산하지 않아요.

저는 카우치서핑을 통해 좋은 사람들을 많이 만났고 크고 작은 도움을 받은 것도 사실이에요. 하지만 단 한 번도 뭔가 요구한 적은 없었어요. 그들은 조건없이 베풀었고 그걸 아까워하기는 커녕 함께 즐거운 시간을 보냈다며 행복해했죠.

저는 저예산으로 여행하는 배낭여행자지만 거지가 아니에요.
당신이 공짜음식을 주기를 바라지도, 집이 좋기를 바라지도 않아요.
그저 낯선 곳에서 친구를 만나 여러 주제에 대해 대화하고, 같이 요리를 하고, 트레킹을 가는 등, 함께하는 것에 의의를 두죠.
하긴 당신이 사람 사이의 관계에 대해 잘 알았다면 저를 기다리게 한 뒤 사과조차 안하는 무례한 행동을 하지는 않았겠죠.

아, 이해해요. 당신같은 'Old man'들은 가끔씩 뭔가 깜빡하잖아요. 'Baby'인 제가 이해해야죠.

언젠가는 당신에게 진정한 친구가 생기기를 빌어요.
오늘의 행동이 잘못된 일이었음을 깨달을 수 있도록.

에펠탑처럼 빛나는

파리의 여름 밤, 나와 세드릭은 잔디밭에 털썩 주저앉았다. 곧 있으면 마법이 펼쳐질 거라며 기대하라는 그의 말에 멍하니 에펠탑을 바라보면서. 시곗바늘이 정각을 가리켰다. 동시에 에펠탑이 반짝반짝 빛나기 시작한다. 주위에서 탄성을 내지르며 너도나도 카메라를 든다. 물론 나도 동참했다. 항상 이 시간이 되면 어김없이 빛났을 텐데도 에펠탑 주위는 사람들이 바글거린다. 갑자기 에펠탑이 부러워진다.

"세드릭, 에펠탑은 누구에게나 사랑받는 것 같아. 나도 에펠탑처럼 빛나는 사람이라면 좋을 텐데."

"그게 무슨 말이야?"
"한국으로 돌아가면 이제 영락없이 백수잖아. 5년간 회사 생활을 하고나면 내세울 것이 하나라도 있을 줄 알았는데 내가 가진 기술은 가만히 앉아서 타자치는 것 밖에 없더라. 당장 새롭게 뭔가 시작할 수 있을만큼 잘 하는 게 하나도 없으니 초라해져. 지금까지 뭐하고 살았나 싶기도 하고."

그는 큰 눈을 더 똥그랗게 뜨며 나에게 반문했다.

"네가 싫다고? 난 지금까지 수많은 카우치 서퍼들을 만났지만 이렇게 대단한 여행을 하고 있는 사람은 처음 본다고!"

"하지만 세계일주라는 것은 그냥 길게 여행을 하는 것 뿐이잖아. 그런 사람들은 한국에서 정말 흔한걸."

그의 짙은 눈썹이 꿈틀거리는걸 보니 무슨 대답을 해야할지 고민하나보다. 어차피 대답을 바라고 한 말은 아니었다. 여행을 떠나온 것에 후회는 없지만 가끔씩 돌아가면 무얼 해야하지라는 생각이 들 때면 한숨이 나오는 것은 어쩔 수가 없었다. 갑자기 세드릭이 정적을 깨고 내 어깨를 툭 쳤다. 그의 손 끝이 에펠탑을 가리킨다.

"영은, 너 에펠탑이 좋다고 했지? 과거의 파리 사람들은 에펠탑을 흉측하다고 싫어했던 거 알아?"
"정말?"
"응. 철골로 된 구조물이 파리의 정경을 망친다고 생각했거든. 그래도 에펠탑은 항상 그 자리에 있었어. 물론 발이 달린 게 아니니까 어쩔 수 없기는 했겠지만"

피식. 갑작스레 던진 그의 싱거운 농담에 눈을 흘겼다. 세드릭은 아랑곳하지 않고 계속 말을 이어나갔다.

"지금은 어때? 에펠탑은 파리를 대표하는 명물이 되었잖아! 그러니까 내 말은 멋진 여행을 떠나온 것처럼 계속해서 네가 생각하는 삶을 살아가라는거야. 그러면 자연히 잘하는 것도 생기고 스스로 빛나보이는 날이 오지 않을까? 참, 그렇다고 네가 지금 흉측하다는 건 아니야!"

에펠탑은 여전히 반짝이고 있었다. 태어난 날부터 아름다웠을 것 같던 에펠탑이 한 때는 흉측하다고 손가락질 받았다니. 지금의 빛을 내기까지 너도 꽤나 고단했구나.

언젠가 내가 빛나게 되는 날이 오면 그 때 꼭 너를 떠올릴게. 에펠탑이 되고 싶었던 나와 함께.

힘들다고 말할 수 있는 용기

마카오에 있는 베네시안 호텔에 가본 적이 있다. 호텔 내부 장식은 이탈리아의 베니스란 도시를 본뜬 거라고 했다. 새하얀 다리 밑에 거대한 운하가 흐르고 있고 그 위를 매끈하게 빠진 곤돌라(베네치아 시내의 운하에서 운항되는 배)가 유유자적하게 지나간다. 곤돌라를 운항하는 뱃사공은 노를 젓는 박자에 맞추어 어디선가 들어봤을 법한 노래를 부르고 있다. 지상낙원이 있다면 바로 이런 모습일까.

그래서 이탈리아에 가게 된다면 꼭 베니스에 가보리라 다짐했다. 하지만 베니스는 전 세계 관광객이 모여드는 곳이었고, 여름 성수기철을 맞아 숙박비가 올라 있었다. 그 때 근교 도시인 파도바에 살고 있는 마테오에게 카우치서핑 초대 메시지가 왔다. 파도바와 베니스의 거리는 기차를 타면 30분 안에 도착할 수 있다. 배낭여행자에게 선택지란 없으니 기분좋게 승낙했다.

아침부터 비가 추적추적 내리는 날, 파도바로 향하는 버스를 탔다. 베니스는 비가 오면 운하의 물이 넘쳐 관광이 어렵다.

아무래도 파도바를 즐기라는 계시인 것 같다고 생각하며 버스에서 내렸다. 정류장에는 마테오가 기다리고 있었다. 그는 곱슬끼가 심한 검은 머리를 틀어 올리고 있어 록 밴드의 기타리스트 같은 느낌이었다.

집에 도착하자마자 따뜻한 차 한 잔을 내어준다. 이제는 서로를 파악할 시간이다. 마테오는 내가 여행한 지 아홉 달이 지났다고 하자 놀라움을 감추지 않는다. 나는 그의 직업이 기타리스트가 아닌 심리치료사라는 사실에 놀랐다. 그는 영국에서 박사 과정까지 마친 재원이었고 현재 병원에서 일하고 있다고 했다. 차를 마시고 난 후, 우리는 함께 파도바 시내를 둘러보기로 했다. 원래 관광객으로 북적이는 도시는 아니지만 비가 내리고 있어 그런지 더욱 조용하다. 빨간색, 노란색, 하얀색 등 알록달록한 색들로 칠해진 건물들 사이로 정갈한 자갈길이 깔려있다. 곳곳마다 눈에 띄는 벽화도 인상적이다.

광장으로 들어서자 사람들이 눈에 띄기 시작했다. 마테오는 커피 한 잔 하는게 어떠냐며 진한 이탈리아 커피 맛을 느끼게 해주겠다고 했다. 그의 뒤를 따라 쫄래쫄래 걸어가는데, 하늘색 남방을 풀어헤친 금발머리 남자가 아는척을 해온다. 유럽인들은 외모에 비해 실제 나이가 어린 경우가 많다. 하지만 장난기 가득한 미소를 품은 남자의 얼굴은 한 눈에 봐도 어린 티가 난다.

"헤이, 마테오! 어디가?"

"오, 안녕. 커피를 마시러 가는 중이야. 요즘 잘 지내지?"

"물론이지. 다음에 또 보자고!"

짧은 인사였지만 잠시 날씨 때문에 우중충하던 거리가 밝아지는 것 같았다. 세상 걱정이라고는 하나도 없는 사람이 있다면 딱 스쳐지나간 남자일거라는 인상을 받았으니까. 그는 긴 다리를 이용해 성큼성큼 걸어가버렸고 금세 시야에서 사라졌다.

"자살 시도를 했었어."

"응?"

"아까 지나간 그 남자. 내담자였거든."

충격적이었다. 멀쩡하게 생긴 것에서 한 술 더떠 한없이 밝아보이는 인상과는 사뭇 다른 이야기였다. 어쩌면 어두운 면을 감추기 위해 밝은 사람으로 보이려고 스스로를 포장한걸까. 알 수 없는 오묘한 기분을 씻어내지 못한 채 카페에 도착했다. 마테오를 따라 유명하다는 에스프레소 마끼아또 한 잔을 시켰다. 에스프레소 위에 동동 떠있는 우유거품이 포근해보인다. 혹시나 뒷맛이 쓸까봐 초콜릿까지 함께 내어준다.

마테오는 자리에 앉아 자신의 이야기를 이어갔다. 그는 주로 청소년들을 대상으로 상담을 진행하고 있는데 매번 다른 문

제를 마주한다고 했다. 학업에 대한 스트레스, 진로에 관한 고
민, 이성친구와의 관계 등.

하지만 한 가지 공통점이 있다고 했다. 모두 겉으로 보기에
는 어떠한 문제도 가지고 있지 않은 것처럼 한없이 밝아 보인다
는 거다. 아까 스쳐지나갔던 남자처럼.

멀리서 찾을 필요도 없이 내가 그랬다. 나는 누군가를 만나
면 방긋방긋 웃기만 했다. 모진 말이 가슴에 박혀 회사 화장실
에서 쪼그리고 울다가도, 행복하지 않은 삶에 신물이 나 죽는
게 나을 것 같다는 생각이 들었을 때 조차도. 사람들 틈에서는
항상 분위기 메이커였지만 혼자 있을 때는 언제나 고독한 외로
움에 허덕였다.

"마테오, 나 그 아이들의 기분을 알 것 같아. 내가 그랬거든.
힘들고 지칠 때마다 너무 힘들다고 말하는 게 무서웠어. 혹시라
도 나약해 보일까봐. 나의 능력없음을 증명하는 것일까봐. 남들
은 잘만 살아가는데 사회의 부적응자처럼 보일 것 같았거든."

마테오는 놀랍지도 않다는 듯 어깨를 으쓱해보인다. 그리고
는 커피 한 잔을 단숨에 들이켰다.(이탈리아의 커피는 한 입에 털어넣기
좋은 분량이다.) 그의 짙은 눈썹이 살짝 꿈틀하더니 이내 초콜릿을

’

까서 입에 집어 넣는다.

　"영은, 항상 나와 상담을 하는 아이들에게 해주는 말이 있어. 힘이 들 때는 힘들다고 말해도 돼. 감정을 숨기는 깃보다 내뱉을 줄 아는 사람이 더 용감한 사람이야. 난 진한 커피를 사랑하는 이탈리안이지만 역시나 에스프레소는 써. 이렇게 바로 초콜릿을 먹어주지 않으면 안 된다니까."

혼자 힘으로 일어서는 방법

~~~~~~~~~~~~~~~~~

드디어 이탈리아 남부 여행의 거점으로 잡은 살레르노에 도착했다. 어둑어둑한 하늘과 짭짤한 바다 비린내가 나를 반긴다. 버스에서 내린지 몇 분이 채 지나지 않아 호스트 브루노가 나를 데리러왔다. 이 곳에 온 이유는 이탈리아 최고의 휴양지로 손꼽히는 아말피와 포지타노를 여행하기 위해서였다. 물론 아말피나 포지타노에 머무른다면 더 좋았겠지만 30유로가 넘어가는 호스텔 가격이 부담스러웠다. 숙소 고민을 하던 중 브루노에게 초대를 받았고, 버스를 타면 남부 소도시 당일치기 여행을 할 수 있다는 그의 말에 흔쾌히 수락했다.

집에 도착하자마자 브루노는 여행 계획을 짜는 것을 도와주었다. 내가 살레르노에 머무를 수 있는 시간은 3박 4일 뿐이었고 그마저도 저녁 늦게 도착한 오늘이 포함된 일정이었다. 빡빡하기는 하지만 아말피와 포지타노는 근처에 위치해있으니 하루 일정으로 잡고, 다음 날 폼페이 유적지에 가면 꽉 찬 남부 일정을 보낼 수 있을 것이다.

다음 날 브루노는 출근길에 버스 터미널 앞에 나를 내려주었다. 시계를 보니 오전 8시 55분이다. 재차 확인했던 시간표에 따르면 9시에 아말피행 버스가 도착할 것이다. 조금은 긴장된 마음으로 서둘러서 티켓을 구입하고 매표소에서 알려준 정류장 앞에 서있었다. 정확히 오전 9시기 되자 버스 한 대가 도착했다. 남부는 대중교통이 발달되어 있지 않아 이 버스를 놓치면 꼼짝없이 한 시간을 기다려야 했다.

관광객들의 행렬에 휩싸여 버스에 오른 뒤에야 한숨을 돌렸다. 모든 것이 순조롭게 흘러가는 걸보니 어쩐지 오늘은 완벽한 하루가 될 것 같았다. 부릉부릉 소리를 내며 버스가 출발한다. 아침 일찍 부지런히 움직인 탓에 졸음이 몰려와 쪽잠을 청해본다. 하지만 한 시간 후면 지중해 앞 레스토랑에 앉아 상큼한 레몬에이드(이탈리아 남부는 레몬이 유명하다)를 마실 생각을 하니 두근거려서 도저히 잠에 들 수가 없다.

창 밖 풍경이나 감상할 생각으로 시선을 창문으로 돌렸다. 그런데 뭔가 이상하다. 구불구불한 길을 따라 해안가 풍경이 펼쳐져야 하는데 바깥은 산등성이로만 가득하다. 옆 자리에 앉은 노부부는 가이드북을 보며 여행 계획을 짜는 듯 했다. 그들의 대화에 잠시 귀 기울여보니 박물관에 들어서서 무엇을 먼저 볼지 의논하고 있었다.

'응? 아말피 해변에서 일광욕이나 수영을 즐겨도 모자랄 판에 박물관이라니?'

순간 불길한 생각이 머리를 스쳐지나갔다. 아까의 설레던 감정은 온데간데 사라지고 심장이 쿵쾅거리기 시작했다. 계획짜기에 열중하고 있는 이들을 방해하는 것이 미안했지만 다급한 목소리로 대화에 끼어들 수밖에 없었다.

"혹시…… 이 버스가 나폴리행인가요?"

노부부는 아주 친절한 미소를 보이며 그렇다고 대답했다. 아뿔싸. 버스를 놓치지 않았다는 기쁨에 휩싸여 맨 앞에 붙어 있던 목적지를 확인하지 않은 것이 문제의 근원이었다. 알고보니 살레르노에서 나폴리로 가는 버스와 아말피로 가는 버스가 동일한 시간에 출발하는 것이었다. 하, 나폴리행이라니. 가뜩이나 남부에서 보낼 수 있는 시간이 많지 않은데 한숨이 절로 나왔다. 세상 근심을 다 떠안은 표정으로 순식간에 변한 나를 보면서 노부부는 나폴리에서 폼페이 유적지가 가까우니 그 곳을 먼저 구경하면 될 거라며 심심한 위로를 전해왔다.

사실 폼페이 유적지도 살레르노에서 한 번에 가는 기차가 있다. 그래서 유적지로 방향을 트는 것은 차선책이라 표현하기

도 어려울만큼 동선이 엉망이 되었다는 뜻이다. 짜증이 팍 밀려
왔지만 가까스로 정신줄을 부여잡고 찬찬히 정리하기 시작했다.

'그래, 우선 폼페이 유적지에 먼저 가자. 그 다음 기차를 타
고 살레르노에 돌아와서 다시 아말피행 버스를 타는거야! 내일
하루가 더 있으니 오늘은 아말피만 여행하고 포지타노는 내일
가보지 뭐.'

나폴리에 도착하자마자 노부부에게 감사 인사를 전하고 서
둘러 버스에서 내렸다. 시간이 많지 않다는 생각이 들어 계속 조
급했다. 나폴리 기차역까지 뛰어갔고 별 생각없이 폼페이행 기
차 티켓을 예약했다. 플랫폼에 서있는데 한참을 기다려도 기차
가 오지 않는다. 가이드북에 적혀있는 정보를 일러주며 기차가
자주 있으니 걱정하지 말라던 노부부의 말이 떠올라 의아했다.
주위를 둘러보니 콧수염이 멋들어지게 나있는 아저씨가 서있다.
정신이 없어 다른 플랫폼에 온 것일지도 모르니 확인을 해보기
로 했다.

"Ciao(안녕하세요)! 혹시 이 플랫폼이 폼페이로 가는 기차를
타는 곳이 맞나요?"
"응, 폼페이행 열차가 이 곳으로 오는 것은 맞아. 그런데 혹
시 폼페이 유적지에 가려는 거니?"

"네! 화산이 폭발해서 생긴 그 유적지요."

"폼페이 유적지는 '폼페이역'이 아니라 '폼페이 스카비역'으로 가야하는데?"

"뭐라고요……?"

이건 또 무슨 청천벽력같은 소리인가. 그 말은 내가 또 잘못된 교통편을 예매하고 기차를 한참 기다리며 시간을 허비했다는 뜻이다. 누가 말릴 새도 없이 갑자기 눈물이 왈칵 쏟아져 나왔다. 그렇게 기대했던 이탈리아 남부 일정이었는데 내 손으로 모든 것을 망쳐버리다니.

기차표가 잘 못 되었다고 알려줬을 뿐인데 눈물을 뚝뚝 흘리는 나에게 아저씨는 당황한 표정으로 덧붙였다.

"폼페이역에 가더라도 30분만 걸으면 유적지에 도착하니까 너무 걱정하지 마렴. 기차도 곧 도착할거야."

낯선 사람 앞에서 눈물을 보인 것이 부끄러워서 애써 고개를 끄덕인 채 황급히 뒤돌아섰다. 아저씨 말대로 기차는 금방 도착했지만 자리에 앉은 뒤에도 눈물은 멈추지가 않았다. 조금만 더 세세하게 확인하면 되었을 텐데. 여행한 지 아홉 달이나 지난 시점에서 이런 초보적인 실수를 하다니. 결국 잔뜩 풀이 죽은 채로 30분을 걸어서 폼페이 유적지에 도착했다. 아무 것도 한 것이 없는데 시계는 벌써 오후 2시를 가리키고 있었다. 폼페이 유적지만 해도 크기가 어마어마한데 오늘 아말피까지 가는 것은 도저히 불가능했다.

이 기분으로는 유적지에 들어가더라도 집중할 수 없을 것 같아서 바로 들어가지 않고 머뭇거렸다. 그런데 갑자기 매표소 앞에 있는 기념품 가게의 주인 할아버지가 나에게 손짓을 한다. 누가 봐도 관광객인 나에게 물건을 팔려나보다 싶어 심드렁한 표정으로 대답했다.

"저 돈 없어요. 안 살 거예요."

할아버지는 내 말을 못 들은건지 계속해서 손짓만 하신다. 무시하고 뒤돌아서려고 하는데 어느새 옆으로 다가온 그가 내민 것은 엽서 한 장과 폼페이 유적지의 지도였다. 그리고는 '기프트'라는 짧은 단어만 내뱉는다. 내 얼굴을 바라보며 입꼬리를 손으로 끌어올리는 동작과 함께. 한껏 고조된 표정으로 폼페이 유적지에 오는 다른 관광객과는 달리 울상이었던 내가 안쓰러웠나 보다. 한 번 보고나면 다시는 볼 일이 없는 나를 그냥 지나쳐도 되었을 텐데. 달려와서 작은 선물까지 건네는 할아버지 덕분에 기껏 들어갔던 눈물이 다시 나올 뻔 했다. 나는 지을 수 있는 표정 중 가장 밝은 미소와 짤막한 고맙다는 말을 함께 전했다.

그리고는 어깨를 피고 씩씩하게 유적지에 입장했다.

'그래, 가끔은 이런 실수도 할 수 있는 거겠지. 계속 우울해 하면서 남은 하루를 망칠 필요는 없잖아.'

오늘 내가 한 실수들은 하루를 굉장히 비효율적으로 만들었다. 쉽게 갈 수 있는 길을 몇 번이나 빙빙 돌아서 돈도 시간도 날려버렸으니까. 무엇을 하던 과정보다 결과에 얽매여있는 가르침에 익숙한 내게 오늘의 실수가 용납이 될 리 없었다. 그런데 길 위에서 배우는 것은 조금 다른 것 같다. 길을 걷다가 넘어졌을 때 마주친 이들은 왜 넘어졌냐고 다그치지 않고 다시 일어나서 걸으면 문제될 것이 없다고 따뜻하게 타일러주었다.

어쩌면 여행은 그런 것이 아닐까. 가끔 넘어지더라도 혼자 힘으로 일어서는 방법을 배워나가는 과정.

Super Smart

호스텔 주방에서 양파를 다듬고 있었다. 현지에서 구입한 누들을 매콤하게 만들어 볼 생각이었다. 서걱서걱, 양파를 썰 때마다 매운 기운이 올라온다. 잠시 허공을 쳐다보며 따가운 눈을 식혀보려 애썼다. 내 모양새가 우스꽝스러웠는지 갑자기 천진난만한 미소를 띤 소년이 나에게 말을 걸어왔다. 동그란 안경 뒤에는 장난기가 서려있는 듯 하다.

"안녕, 난 해리슨이야! 저녁 준비하니? 혼자 먹기 심심한데 앞에 앉아도 될까?"

해리슨은 갓 스무살이 되었다고 했다. 전공은 교육학과 역사. 안경알이 두꺼운 것을 보니 공부를 열심히 했나보다. 그는 한국인들이 양파나 마늘 등의 매운 맛을 즐긴다는 것까지 알고 있었다.

"있잖아. 한국의 학생들은 학교가 끝나면 정말 '학원'(정확하게 한국 발음으로 말했다)에 가?"

"맞아. 어떻게 알았어?"

"하하, 나 교육학 전공이라니까. 나중에 한국에서 영어 선생님이 되는 게 꿈이야. 그럼 모든 학생들이 학원에 가서 공부를 또 하는 거야?"

"응, 대부분의 학생들은. 그래서 학원에 다니지 않으면 좋은 성적을 받기가 어려워."

"그럼 주말이나 쉴 때는 뭐 하는데?"

"학원 숙제를 하겠지."

"오, 이런! 정말 끔찍하다!"

"그렇지. 정말로 끔찍해."

나는 별일 아니라는 듯이 간단히 응수하고 다시 양파 다듬기에 열중했다. 하지만 그는 여전히 궁금한 것이 많나 보다. 잠깐의 침묵을 깨고 다시 말을 걸어온 걸 보면.

"그럼 한국 학생들은 모두 Super Smart 하겠네?"

순간 재료 손질을 멈추고 그의 얼굴을 멍하니 응시했다. 생각해보면 당연한 말이다. 그렇게 공부를 많이 한다면 모든 학생이 똑똑해야 하지 않을까?

나는 잠시 고민한 뒤 대답했다.

"아니, 그렇지는 않아. 학교에서 배우는 것보다 세상 속에서 배우는 게 더 많거든. 지금의 나처럼 말이야."

10월 27일

'꼬끼오~'

단잠을 방해하는 소리에 살짝 인상을 찌푸리며 습관적으로 손을 뻗었다. 핸드폰 알람이다. 하긴 스페인 제3의 도시로 불리는 발렌시아에서 닭 울음소리가 들릴 리 없다. 시간을 확인하니 오전 9시였다. 10월 27일 오전 9시. 어제와 다를 것 없는 아침이지만 뭔가 특별한 일이 생겼으면 좋겠다. 오늘은 나의 스물다섯 번째 생일이니까.

어느덧 유럽에 머무른 지 4개월이 지났다. 4일 후면 바르셀로나에서 미국으로 가는 비행기를 탈 예정이다. 발렌시아에 머무른 지 며칠이 지나기도 했고, 비슷해보이는 유럽의 경치에 흥미가 떨어져가던 시점이라 그런지 딱히 하고 싶은 것이 없었다. 그래도 생일이니까 움직여야겠다는 생각이 들어 아침부터 정성들여 화장을 했다. 입을 옷이라고는 레깅스에 흰 티가 다지만 오랜만에 화장을 하니 그럭저럭 봐줄만 하다. 특별한 목적지 없이 거리로 나섰다. 목적지 없이 거리로 나서면 발걸음이 향하는 곳은 뻔하다. 무언가 배를 채우면서 한참 앉아있을 수 있는 공간.

　쇼콜라떼와 추로스를 주문하고 카페에 앉았다. SNS를 들여다보니 내가 없어도 잘만 지내는 것 같은 친구들의 소식이 보인다. 여행 초기만 해도 자주 안부를 묻다가, 안 본지 오래되다보니 요즘은 간간이 연락이 오는 정도다. 갑자기 왁자지껄하게 축하파티를 열었던 날이 그리워졌다. 오늘따라 혼자인 기분이다.

　카우치서핑 호스트 마누엘은 내게 도통 무관심했다. 어젯밤 잠들기 전에 유럽 특유의 리액션을 담은 축하인사를 기대하며 '내일이 내 생일이야!'라고 말했건만. '그래? 축하해.'라는 간단한 대답만 돌아왔다. 하긴 그가 꼭 내 생일을 격하게 축하해주어야 할 이유는 없었다. 그의 집은 방이 두 개라 편하게 지낼 수 있었지만 지금 나한테 필요한 건 안락한 잠자리보다 생일축하를 건네는 따뜻한 인사였나보다.

　예전에도 비슷한 기분을 느낀 적이 있었다. 남자친구와의 기념일만 되면 남자친구의 행동에 쉽게 서운해졌다. 유난스러운 선물이나 편지를 기대한 것은 아니었다. 단지 우리의 기념일이니까 나에게 조금 더 신경써주기를 기대했을 뿐. 돌이켜보면 함께 시간을 보내는 하루 하루가 더 소중했는데 말이다.

　사실 어제도 똑같은 하루를 보냈다. 동네를 어슬렁거리며 산책하고, 항상 가던 카페에 가서 추로스를 먹고, 저녁으로 빠에야(스페인식 볶음밥)를 먹으며 하루를 마무리했다. 바삐 돌아다니지 않아도 현지인이 된 것 같아 충분히 즐거웠다. 그런데 오늘은 왜 이렇게 축 쳐지는 걸까.

아마 생일이 주는 기대감 때문이겠지. 생일이니까. 심지어 세계여행 중 맞이하는 생일은 특별하게 보내야한다는 기대감. 갑자기 생일인 것이 미워진다. 생일이라는 타이틀만 없었으면 오늘도 어제처럼 행복했을 텐데.

어쩌면 내가 한국에서 행복하지 않다고 느꼈던 것도 기대감에서 비롯된 것이 아닐까. 20대니까, 그리고 청춘이니까 행복해야만 한다는 기대감. 사실 인생이란 슬프고, 힘들고, 괴로운 것이 더 많을 텐데.

무조건 행복해야만 한다는 기대감을 버렸더라면 평범한 날들 속에서 우연히 찾아오는 사소한 행복을 느끼며 행복해졌을 지도 모른다. 지금 내가 하고 있는 여행의 방식처럼.

마트에 들려 작은 케이크를 사들고 집에 돌아가야겠다. 치즈를 좋아하니까 치즈케이크가 좋겠다. 그리고 달콤한 감각에만 집중해야지. 오늘은 저렴한 가격에 꽤 맛있는 케이크를 먹은 그럭저럭 괜찮은 하루였으니까.

,

세상을 바라보는 시선

파랗다. 이쪽도 저쪽도 시선이 닿는 곳마다 파란 물결에 휩쓸린다. 바다같다고 표현하기에는 적절한 비린내나 파도 소리가 들려오지 않기에 스머프 마을이라는 별명이 붙여졌나보다.

쉐프샤우엔에서는 호스트 파샬네 가족과 함께 머무르기로 했다. 키는 작지만 다부진 체격에다 말을 할 때마다 꿈벅거리는 큰 눈이 인상적인 파샬, 그리고 그의 아버지, 어머니, 일곱 살 남짓 되어보이는 여동생까지. 호스트 혼자사는 집이 아니라 가족의 집에 초대받은 것은 처음이었다. 파샬의 어머니가 빌려주신 모로코 전통의상을 입고 파샬과 함께 골목골목을 헤매고 다녔다. 한참을 쏘다니다 집에 들어오면 어머니가 차려주신 따뜻한 현지식이 준비되어 있었다. 오랜만에 느껴본 가족의 품이 참 따듯해서 이 작은 도시를 떠나는 날을 자꾸만 미뤄왔는지도 모르겠다.

하루는 파샬이 근처의 악서산에 오르자고 했다. 트레킹이라면 질리도록 했지만, 작은 도시에서 딱히 할 것도 없었기에 따라나섰다. 그래도 막상 산에 올라가서 신선한 공기를 마시고 나니 상쾌했다. 우리는 산 중턱에 앉아 미리 준비해 온 요구르트와 빵으로 요기를 채우기 시작했다. 파샬과는 유독 말이 잘 통했다. 그가 동네 친구였다면 매일 저녁마다 집 앞으로 불러내 이런저런 이야기를 나누고 싶을 정도로. 그래서 슬그머니 털어놓았는지도 모르겠다. 여행이 길어질수록, 돌아가야 하는 날이 가까워질수록 마음 깊은 곳에서 차오르는 불안에 대해.

"사는게 너무 힘들었어. 학창 시절에는 좋은 대학에 가기 위해 공부만 했고, 성인이 되고 나서는 인정받기 위해 아등바등거리며 일만 해왔거든. 그래서 언젠가는 돌아가야 한다는 것이 조금은 무서워. 내가 행복할 수 있는 시간들이 길 위에서 뿐일까 봐."

파샬은 큰 눈을 한 번 깜박인다. 그리고 잠시 무언가 생각하는 듯 하더니 옆에 흩어져있던 돌과 나뭇가지를 가리키며 말을 시작했다.

"너를 둘러싸고 있는 모든 것들이 살아있다고 생각해봐. 조그만 돌, 나뭇가지, 풀 한 포기, 그리고 여기있는 나까지. 모두가 너를 해칠 것들이라고 생각해봐. 어때?"
"음……. 두렵고, 무섭고. 그럴 것 같아."

"하지만 이것들이 너에게 도움을 주는 선한 존재라면?"

"그럼 마음이 편안해지고……. 행복하겠지?"

"거 봐. 어쩌면 너의 주위는 변한 것이 없을지도 몰라. 변한 것은 너의 마음뿐이지."

변한 것은 내 마음뿐. 그가 한 말을 천천히 되뇌었다. 갑자기 온 몸에 닭살이 돋는 듯 하다. 지금까지 어떤 마음으로 내 주위를 바라보고 있었던 걸까.

나의 편협한 시선이 일상을 더욱 힘들게 만들었던 것은 아닐까.

산을 내려온 뒤에도 내 마음은 생각들로 가득차 계속 소란스러웠다. 집에 도착해서 늦은 저녁을 먹은 후 또 다시 시내로 나섰다. 골목을 걸으며 마음을 진정시키는 것도 나쁘지 않겠다 싶어서. 한참 골목을 따라 걷다 모퉁이를 돌아선 내 눈에 들어온 것은 그림들이었다. 파란 도시 쉐프샤우엔을 각자의 시선으로 바라본 수많은 그림들. 이렇게나 색깔이 뚜렷한 도시도 누가 바라보는지에 따라 제각기 다른 그림이 완성되는데. 하물며 내가 살아가는 곳은 어떠할까.

우리는 똑같은 하루를 보내더라도 누군가는 긍정적인 시선으로 좋은 것만 바라보고, 누군가는 부정적인 시선으로 힘들었던 것만 떠올릴 것이다. 두 사람은 같은 하루를 보냈더라도 행복한 하루를 보낸 사람과 불행한 하루를 보낸 사람으로 달라지게 되겠지.

오늘 하루를 어떻게 받아들일지는 순전히 내게 달렸다. 이왕이면 좋은 것만 바라보며 살아가는 건 어떨까. 견딜 수 없을만큼 힘들었던 날에도 나를 웃게 만드는 실낱같은 장면은 있기 마련이니까.

신의 영역

이 세상에 신은 있는 걸까.

신이 있다면 내 하루는 왜 이렇게 힘들기만 한 걸까. 신의 존재에 대한 의문을 품어본 것은 비단 나뿐만은 아닐 것이다.

모로코는 대부분의 사람들이 이슬람을 믿는다. 이슬람은 낯선 종교였고, 종교가 없는 나에게는 신을 믿는 행위조차 생소한 일이었다.

나는 파샬에게 우리가 어떻게 신의 존재에 대해서 알 수 있느냐고 물었다. 보이지도 않고 들리지도 않는데 어떻게 그 존재를 믿을 수 있는 거냐고. 그는 큰 눈망울을 깜박이며 이야기를 풀어나가기 시작했다.

"날파리가 날아와서 너의 팔에 앉았다고 생각해 봐.
파리는 보고 느낄 수 있는 감각의 영역이 한정되어 있어.
네가 자기를 죽일 수 있다는 것도 모르고,
어쩌면 무심코 앉은 그곳이 너의 팔인지도 모를 거야.
하지만 너는 분명 그곳에 존재해. 파리가 느낄 수 없을 뿐.

인간도 똑같아.

인간이 보고 듣고 느낄 수 있는 감각은 한정되어 있지.

설사 신이 있다고 하더라도 우리는 느낄 수가 없어.

하지만 느끼지 못한다고 해서 존재하지 않는 것은 아니지.

그래서 나는 믿는 거야.

이 너머에 존재하는 무한한 존재를."

이야기를 풀어놓는 조곤조곤한 목소리에는 알 수 없는 힘이 서려 있었다.

그가 믿는 신이 입김이라도 불어넣은 걸까. 종교를 가진 사람을 조금은 이해할 수 있을 것 같았다.

믿었던 사람조차도 변해버려 상처를 남기곤 한다. 때로는 보이지 않는 존재를 믿는 것이 더 나은 일인 걸지도.

창백한 푸른 점

창백한 푸른 점.

탐사선 보이저 1호가 우주에서 찍은 아주 작고 희미한 지구의 사진을 보고 천문학자 칼 세이건이 한 말이다.

사하라 사막 한가운데서 언젠가 들은 그 문장이 떠올랐다.

끝이 어딘지도 모를만큼 너르게 펼쳐진 금빛 물결은 황량하면서도 아름다웠고 한편으로는 무섭기까지 했다. 모래 바람이 나를 집어삼키면 순식간에 내 존재는 지워질 것 같았으니까.

사막 안에서 내 존재는 티끌만한 것이었다. 분명 어딘가에는 또 다른 관광객이 낙타를 타고 캠프로 향하고 있을 텐데. 한시간이 지나도록 낙타를 이끄는 루신과 나 외에는 살아있는 생명체를 만나지 못 했다.

이곳이 얼마나 넓은지 설명하지 않아도 느낄 수 있었다.

사막 안에서조차 이렇게 작은 존재인데.

우주에서 바라보면 얼마나 터무니없이 작은 존재일까.
푸른 점 안 작은 나라에 살고 있는 나는.

그렇다면
조금은 더 과감하게
하고 싶은 것을 하며 마음껏 행복해져도 괜찮지 않을까.

간혹 남들과 다른길을 간다며 손가락질을 받을지라도
그래봤자 작은 점 속에서 일어나는 사소한 일 중 하나일 뿐
이니까.

그렇게 사막에서 나는
한층 더 용감해졌다.

키다리아저씨의 선물

나에게는 키다리아저씨가 있다. 어떠한 것도 바라지 않고 그저 나의 행복과 안녕을 빌어주는 고마운 사람. 직장을 나가겠다는 소식을 회사에 알렸을 때, 실장님은 매일같이 나를 찾아와 말리셨다. 본인도 어린 나이에 직장생활을 시작해서 얼마나 힘든지 잘 알고 있다고, 조금만 더 버티면 된다고.

하지만 이미 결심이 선 내 귀에는 어떤 말도 들어오지 않았다. 어느 오후에 커피 한 잔을 하자고 청해오며 또 다시 나를 말리던 실장님께 갑자기 서러운 마음이 울컥 올라왔다.

"실장님, 저 여기서는 도무지 행복하지가 않아요. 제 미래에 행복이라는 단어가 안 보여요. 이렇게 말하기까지 오랫동안 버텼어요. 저를 더 이상 흔들지 말아주세요……."

눈물을 뚝뚝 흘리는 나에게 실장님은 아무런 말씀도 하지 않으시고 휴지를 건네주셨다. 그 날 이후 실장님은 나에게 찾아오지 않으셨다. 대신 내게 이메일 주소를 물으셨다. 그리고 매일

'행복편지'라는 것을 보내주셨다. 처음에는 이러다 그만 하시겠지 싶었다. 어린 직원을 울린 게 마음에 걸려 그러시는 것이라 생각했다. 하지만 여행을 떠나고 나서도 내 메일함에는 행복편지가 차곡차곡 쌓였다. 물론 이메일을 매번 확인하지는 않았지만 어김없이 도착한 메일을 보면 든든했다. 누군가는 나의 안녕을 여전히 빌어주는 것 같아서.

내가 사회생활을 하며 받은 상처를 어떻게든 덧나지 않게 애써주시는 모습이 죄송하고도 감사했다. 다음 여정이 뉴욕이라고 했을 때, 그 분은 조심스레 숙소를 선물해주고 싶다고 하셨다. 용기있는 여행을 응원하는 마음으로 뭐라도 해주고 싶다면서.

당연히 한사코 거절했다. 하지만 계속 우기시는 턱에 할 수 없이 변두리에 위치한 저렴한 호스텔 주소를 보냈다. 그런데 되돌아온 예약 바우처에는 맨해튼 중심가에 있는 비싼 한인민박 1인실이 찍혀있었다. 실장님께서는 여전히 기억하고 계시는 듯했다. 퇴사하는 게 사실은 무섭다고 기댈 곳이 하나도 없다고 횡설수설 털어놓으며 펑펑 울었던 그 날을. 내 모습과 항상 사직서를 품고 살았다는 본인의 어렸을 적 모습이 겹쳐보였는지도 모르겠다.

'과거로 돌아가 새로운 꿈을 펼쳤더라면…….'

어쩌면 그 바람을 나에게 투영한 것이 아닐까. 그 분의 마음을 감사히 받기로 했다. 키다리 아저씨의 도움으로 대학에 진학한 주디처럼. 내가 마음껏 행복해지고 나서 언젠가 이 모든걸 되갚아줄 수 있는 사람이 되자고 다짐하면서.

「전 행복의 진정한 비밀을 발견했어요, 아저씨.
바로 현재를 사는 거죠.
영원히 과거를 후회하거나 미래만 바라고 있기보다는
바로 지금 이 순간에서 가장 많은 걸 얻어 내는 거예요.」

_ JEAN WEBSTER의 'Daddy-Long-Legs(키다리아저씨)' 중 일부

600유로짜리 인생수업

현재 시각 새벽 1시 8분. 내 손에는 전날 오후 5시 10분에 런던에서 출발한 뉴욕행 비행기 티켓이 들려있다. 그리고 나는 여전히 런던이다. 바르셀로나에서 환승을 위해 런던 게트윅 공항에 도착했다. 7시간이나 되는 환승 시간을 제법 익숙하게 때우고는 뉴욕행 비행기에 올라탔다. 4개월이나 지낸 유럽 대륙을 뒤로하고 새로운 대륙으로 가는 것도 설레는데 영화에서나 보던 뉴욕이라니. 베이글을 먹으면서 타임스퀘어 거리를 걸어다닐 생각을 하니 자꾸만 심장이 요동쳤다.

처음에는 조금 늦어지나 했다. 기체에 결함이 생겨 점검 중이지만 곧 출발할 것이라는 기내 방송이 나왔으니까. 그런데 시간이 점점 흐르고 마침내 2시간이나 흘러버린 걸 알았을 때. 무언가 잘못 되었다는 생각이 들었다. 결국 기내에서만 약 4시간을 대기하다가 다시 입국심사를 받고 짐까지 되찾은 후 체크인 카운터 앞에 길게 늘어선 줄을 섰다. 카운터에 앉은 직원은 무슨 말을 하는걸까. 서럽게 자리에 주저앉아 우는 여자부터 고래고래 악을 쓰며 소리를 지르는 사람까지 난리도 아니었다.

손이 떨려왔다. 일정이 없는 장기 여행자가 무슨 걱정이냐고 물어온다면 이번만큼은 달랐다. 오늘 비행기를 타지 못 한다는 것은 실장님께서 선물해주신 비싼 숙소를 날리게 되었다는 뜻이니까. 드디어 내 차례가 왔다.

"이게 무슨 일이에요……?"

"기체 결함으로 비행기가 못 떴어요. 오늘 묵을 호텔과 저녁 바우처를 줄 거예요. 보상요구는 회사에다 하면 돼요. 난 직원이라 잘 모르니깐."

"그럼 다음 항공편은 어떻게 되는데요?"

"글쎄요. 내일 항공편이 있기는 한데, 이미 예약이 다 찼어요. 아마 이틀 후에나 가능할 것 같은데요."

성의없는 직원의 말에 애써 억누르고 있는 화가 더욱 치밀었다. 게다가 당연히 내일 항공편으로 보상을 해주는지 알았는데 이미 예약이 다 찼다니. 그럼 나보고 대체 어쩌란 말인가. 내 옆에 서 있던 친절한 인상을 가진 아저씨에게 물어봤다. 하루라도 빨리 뉴욕에 가려면 어떻게 해야하는 것이냐고. 그는 항공권을 살 때 핸드폰 번호를 입력한, 즉 유럽에 사는 사람들에게는 빨리 내일 항공편으로 대체하라는 알림이 다 갔다고 일러주었다. 나의 최선은 내일 아침에 고객센터가 문을 열자마자 전화를 해서 그 다음날 항공편으로 바꾸는 것 뿐이라고.

저기 앉아서 계속 울고있는 여자처럼 한바탕 속 시원하게 울어버리고 싶다. 실장님께서 어렵사리 마련해주신 비싼 숙소를 2박이나 날리다니. 차라리 내 돈이었다면 덜 아까웠을까. 그렇게 찾아온 공항 근처 호텔에서도 방이 마련되지 않아 한참을 대기해야만 했다. 겨우 침대 위에 쓰러진 시간이 새벽 1시를 넘긴 시간이었다.

뉴욕 여행에 대한 기대로 잔뜩 부풀어있던 때가 불과 몇 시간 전이었는데. 이 모든 게 사실 꿈은 아닐까. 말도 안되는 상상이 현실이 되기를 빌면서 잠에 빠져 들었다.

따르르릉. 알람이 울린다. 고객센터가 열리기 10분 전이다. 다행히 나처럼 일찍 전화한 사람이 없는지, 통화 연결은 바로 되었다. 더듬거리는 영어로 오늘 비행기를 탈 수 없냐고 물었더니 남은 자리가 없단다. 그럼 다른 항공사의 비행기를 타면 금액은 보상해주냐고 물었더니 그건 안 된다고 했다. 하는 수 없이 원래 출발일보다 이틀 미뤄진 항공편으로 바꿔 달라고 하고 힘없이 전화를 끊었다.

식당에는 보기만 해도 먹음직스러운 아침 뷔페가 차려져 있었지만 기분이 나아지지는 않았다. 아침을 먹는 둥 마는 둥 한 뒤 체크아웃을 하고 다시 공항 체크인 카운터로 향했다. 내게 주어진 숙박은 어제 뿐이었으니 오늘 잘 곳이 필요했다. 그 곳에는 어제 나와 같은 비행기를 탔어야 했던 사람들이 몇 명 서있었다.

"안녕, 너도 어제 취소된 노르웨지안 항공 탑승자니? 오늘 밤 우리 호텔은 이렇게 해준대……?"

"우리는 지금 뉴욕으로 갈 거야! 코펜하겐으로 간 다음 뉴욕으로 가는 비행기로 환승할 수 있대."

눈이 휘둥그레졌다. 불행 중 다행이었다. 만일 오늘 코펜하겐으로 가서 뉴욕행 비행기를 타면 밤 10시에 뉴욕에 도착하게 된다. 그럼 예약한 숙소의 하루치만 날리는 것이다. 그렇게 졸지에 계획에도 없던 덴마크를 거쳐 겨우 뉴욕에 올 수 있었다.

EU 규정에 의거하면 유럽에서 출발하는 항공편이 3시간 이상 지연될 경우 시간대에 따라 적절한 보상을 받을 수 있다. 나의 경우는 37시간 지연이라 최대 시간을 훌쩍 넘었기에 최대 보상 한도인 600유로를 받아야만 했다. 이미 허비한 시간과 날려버린 숙박비는 어쩔 수 없지만 이거라도 받아야겠다 싶었다. 그래서 항공사 홈페이지에 사건을 설명하면서 내가 할 수 있는 가장 강한 어조로 보상을 주장했다. 이런저런 핑계를 대면서 보상을 하지 않는 경우가 많기에 확신은 없었지만.

이 사건이 점차 흐릿해져갈 무렵, 내 계좌에는 피해보상 금액인 약 75만원 상당의 돈이 입금되었다. 두 달 만이었다. 이 날의 해프닝은 내게 확실한 교훈을 하나 선사했다. 본인의 권리는 스스로 찾아야 한다는 것. 가만히 있으면 그 누구도 나의 문제를 해결해주지 않는다. 만약 내가 고객센터에 전화하지 않았거나 공항에 일찍 도착해서 코펜하겐 경유 항공편으로 바꾸지 않았으면, 나의 항공편은 자리가 없다는 이유로 계속 미뤄지기만 했겠지. 결항 보상금도 홈페이지를 통해 직접 항의하지 않았더라면 받지 못했을 거다.

600유로짜리 인생수업을 시켜 준
노르웨지안 항공, 정말 고맙다!

New York, I Love You

뉴욕 맨해튼에 오면 우울해질 줄 알았어. 뉴욕이라는 도시를 상상하면 할리우드 영화 속의 한 장면이 떠올랐거든. 거대한 빌딩 숲 속에 갇힌 사람들이 이리저리 바쁘게 뛰어다니는 회색빛 도시. 꼭 내 슬픔을 발라놓고 온 서울과 닮았을 것 같잖아. 그래서 이 노래가 마음에 들었는지도 몰라. 내가 생각한 뉴욕은 딱 이 멜로디가 전해주는 황량하고 쓸쓸한 느낌 그대로였거든.

「New York, I Love You
But you're bringing me down

New York, I Love You
But you're bringing me down」

_ LCD Soundsystem의

'New York, I Love You But You're Bringing Me Down'

많은 사람들이 아메리칸 드림을 외치며 뉴욕으로 몰려들었겠지. 뉴욕의 영원토록 꺼지지 않을 것 같은 네온사인보다 더 화려하게 부푼 꿈을 안고서.

하지만 팍팍했을 거야. 대도시의 삶이 으레 그렇듯이. 하루 벌어 하루 먹고사는 것조차 힘들만큼.

그런데 이 도시에 들어선 순간부터 직감했어. 내가 이 곳을 사랑하게 될 거라는 걸. 오죽하면 이 우울한 노래를 들으며 화려한 매장이 늘어선 5번가를 걸었는데 눈길이 닿는 모든 곳이 그저 사랑스럽던 걸.

베이글을 한 입 문채 네모난 서류가방보다 더 딱딱해보이는 구두를 신고 어디론가 바쁘게 달려가는 아저씨, 할랄 푸드를 판다는 푸드트럭 안에서 손님들을 상대하느라 정신없는 청년, 벤치에 앉아 쉬고있는 나에게 인사를 건네온 인도에서 왔다는 택시 운전사 할아버지. 이 모든 사람들이 모여 뉴욕이라는 무대를 만들고 있었지. 그 무대를 바라보는 것은 즐거웠어. 왜냐면 나는 그 위에 올라선 배우가 아니었거든. 그들의 삶의 무게를 가늠해보지 않아도 되었거든. 이 도시에서는 철저히 이방인이었으니까.

그 때 이런 생각이 든 거야. 나의 도시에서는 왜 이방인으로 살아가지 못 했을까. 그 곳에서는 왜 천년만년 살 것처럼 행동했을까. 50리터짜리 배낭만 있으면 언제든 떠날 수 있을거라고 왜 생각하지 못 했을까. 그래서 돌아가면 이방인으로 살아가기로 마음먹었어. 낯선 도시에 잠시 머물다가는 것 뿐이라고, 행복하지 않으면 내 삶의 무대를 바꿔버릴 거라고 말이야.

어쩌면 남은 여생을 그 곳에 쭉 머물게 된다 할지라도 그렇게 생각하며 지내는 건 분명 차이가 있을 거야. 찰리 채플린이 그랬잖아. 인생은 가까이에서 보면 비극이지만 멀리서 보면 희극이라고. 스포트라이트를 받아야 하는 부담감에서 벗어나서 조금은 힘을 빼고 살아보는 거지.

그 때 서울은 어떤 모습으로 내게 다가올까. 더 이상 회색빛이 아닐지도 모르겠어. 내가 뉴욕을 사랑하게 된 것처럼.

눈을 보며 말해요

내게 쿠바는 미지의 세계에 가까웠다. 여행 정보가 많지 않아서, 사회주의 국가라서, 혹은 역사에 관심없는 사람도 한 번쯤은 들어봤을 체 게바라가 혁명을 일으킨 곳이어서도 아니었다. 그 놈의 인터넷! 인터넷이 터지지 않아서였다. 전 세계 어디를 가도(심지어는 열악하다는 인도나 에티오피아에서도) 미약한 와이파이 신호는 쉽게 잡을 수 있었는데. 쿠바 정부는 인터넷 사용을 통제하고 있었다. 인터넷을 사용하려면 이용권을 산 뒤 호텔 로비나 공원 같은 특정 지역에서 구입한 시간만큼만 이용할 수 있었다. 그마저도 끊기기 일쑤거나 아주 느려 터졌지만.

사정이 이러다보니 현지에서는 통신이 두절된다고 보는 게 속 편했다. 구글 맵을 보면서 걸어도 길을 잃는 지구 최강의 길치인 내가 인터넷이 터지지 않는 쿠바에 떨어지다니. 처음 며칠은 여행자들이 다니는 거리 외에는 얼씬도 하지 않았다. 혹시라도 길을 잃을까봐 걱정이 되었으니까. 하지만 웬만한 관광지는 다보고 나서도 쿠바의 매력이 뭔지 알쏭달쏭하기만 했다.

시꺼먼 매연을 내뿜는 올드카와 낡은 건물들의 조화가 멋스럽기도 하고, 밤마다 살사 클럽에 가서 모히또 한 잔과 현란한 춤사위를 보는게 흥미롭기는 했지만. 마음에 와닿는 무언가는 찾지 못했달까. 그래서일까. 슬슬 길이 눈에 익고나자 발걸음이 닿는대로 골목골목을 살펴보고 싶어졌다.

그리고 그 곳에서 진짜 쿠바를 만났다.

"올라!"
"올라, 아미가(Hello, Friend)!"
"까르르, 올라!"

낡은 대문 앞에서 뻐끔뻐끔 시가를 피우는 할아버지, 한 모금에 톡 털어넣을 수 있는 달짝지근한 쿠바식 커피를 파는 아주머니, 교복을 입은 열댓살 정도 되어보이는 여학생 무리까지. 그들은 동양인인 내가 신기했는지 알아들을 수 없는 스페인어로 말을 걸어온다. 쳐다보고 있으면 빠져버릴 것 같은 깊은 눈망울로 나를 응시하면서.

번화한 대도시였다면 스마트폰에 코를 박고 걷느라 지나가는 누군가를 살필 여유조차 없었을 텐데. 이 곳에서는 핸드폰을 만지작거리는 대신 서로에게 집중하고, 눈을 바라보며 대화를 하고 있었다. 문을 활짝 열어놓은 낡은 레스토랑 안에서도, 야외에 테이블이 아무렇게나 놓인 공연장에서도, 흙먼지가 가득한 길바닥에서 조차도.

문득 조지아에서 만난 대니얼이 한 말이 귓가에 울린다.

"영은, 왜 자꾸 핸드폰만 보면서 가는 거야?"
"응? 성당을 찾아야 하잖아!"
"지금 우리는 여행 중이야. 거기까지 가는 길도 여행이라고. 핸드폰을 집어넣고 마주치는 사람들과 한 마디라도 더 하는게 낫지 않을까."

그래, 여행은 그런 거였지. 목적지만 찾아가는 것이 아니라 마주하는 모든 이들의 눈을 바라보며 햇살을 머금은 미소를 보여주는 것.

앞으로 누군가 쿠바에 대해 묻는다면 나는 이렇게 대답할 것이다. 내 눈동자의 색이 무엇인지 알고 있는 사람들이 모여 사는 곳이라고.

기억과 망각

어쩌면 우리는 누군가에 의해
기억되기 위한 삶을 살아가는지도 모르겠다.

내가 이 세상에 존재했음을 알리고 싶어
서류상으로 주민번호를 등록하고,
학교라는 공동체에 들어가고.
때로는 사랑을 하고, 관계를 형성하는 것인지도.

우리는 누군가에게 기억되는 한편
누군가에게는 잊힌다.

길을 걸으며 마주치는 수많은 사람들을
모두 기억할 필요는 없는 것처럼.
3초, 5분, 몇 달, 혹은 몇 년간 기억되다
끝내 필요 없는 이가 되어버리면 결국 잊히고 만다.

그렇다면 나는 지금 잊히고 있을까, 기억되고 있을까.

내가 속한 세계

한 가지 길만 걷다보면 그 세계가 내 삶의 전부인 것처럼 느껴질 때가 있다. 고등학교 3학년 때에는 대학이 앞으로의 인생을 모조리 결정짓는 줄로만 알았고, 직장 생활을 할 때는 그 안에서 펼쳐지는 희로애락이 전부인 줄 알았던 것처럼. 회사를 벗어나면 큰일이 나는 줄 알았던 개구리는 우물을 뛰쳐나왔고, 우물 밖에는 또 다른 세상이 펼쳐지고 있었다.

어느덧 여행을 한 지 일 년이 지났다. 시간은 갈수록 가속도가 붙는건지 귀국해야 할 시점이 또렷해질수록 빠르게만 흘러갔다. 일주년을 기념하기 위해 무얼할까 하다가 스카이다이빙에 도전해보기로 했다. 사실 기념일에 맞추었다기 보다는 여행 일정이 흘러가다보니 우연히 맞아떨어진 것이지만.

그렇게 비야리카 화산이 보이는 작은 호숫가 마을 푸콘에서 다이빙을 하게 되었다. 사실 경비행기를 타고 하늘 위로 높이 솟아오르는 순간까지도 별 실감이 나지 않았다. 하지만 1만 4천

피트 상공에서 발 아래를 쳐다본 순간 정신이 번뜩 들었다.

이런 미친짓을 큰 돈을 주고 하려고 했다니. 발은 비행기 안에 뿌리를 내린 듯 꿈쩍하지 않았다. 이제와서 원망해 봐야 별 수 있을까. 함께 탄 헬퍼의 '쓰리, 투, 원!'이 끝나고 눈을 질끈 감았다.

거센 바람이 얼굴을 할퀴었고, 나는 하늘을 날고 있었다. 하늘에서 바라보니 모든 것이 한 눈에 들어왔다. 작은 도시인 푸콘에 삼일이나 머무르면서도 못 가본 곳이 많은데. 푸콘 주위에는 수도 없이 많은 마을들이 새롭게 펼쳐져 있었다. 이게 바로 신의 시야인 걸까. 한 마을, 한 도시에서 일어나는 일들이 아무 것도 아닌게 되어버리는.

순식간에 고공 낙하는 끝이 났다. 지상에 내려와서조차 내가 정말 그 높은 곳에서 뛰어내린 것이 맞는지 어안이 벙벙했다. 여전히 터질 것 같은 심장과 멍멍한 고막이 꿈이 아니라고 말해주었지만.

"살다보니 이제는 하늘에서 뛰어내리기까지 하네."

여행을 하면서 생생한 공기를 들이마시고, 가슴이 터질 만큼 뛰어보기도 하고, 자유롭게 춤을 추기도 했다. 이제는 하다 못해 하늘에서 뛰어내리기까지 하다니. 전에는 이런 경험들을 할 수 있을 거라고 생각도 못 했는데.

갑자기 회사 옥상에서 떨어져 죽어버리는 게 나을 것 같다며 친구의 손을 잡고 울던 날이 떠올랐다. 왜 그 날이 떠올랐는지는 모르겠다. 난생 처음으로 하늘에서 떨어져 봐서일까. 혹은 하늘에서 바라보면 수많은 도시가 이 근방을 이루고 있다는 것을 깨달아서일까.

아무리 발버둥쳐도 행복하지 않았던 그 시절의 나를, 그리고 나와 비슷한 고민으로 힘들어하는 당신을 마주할 수 있다면 하늘 위에서 바라 본 풍경을 보여주며 몇 번이고 말해주고 싶다.

자신이 속해있는 세계는 그저 아주 작은 하나의 사회일지도 모른다고. 조금 더 넓은 세상으로 발을 디뎌보라고. 지금 내가 있는 곳이 힘겹다면 다른 곳을 바라보아도 괜찮을테니.

당신이 살아지고 행복해지는게 어쨌든 중요한 일이니까. 세상 사람들 모두가 반대하더라도 나는 괜찮다고 계속해서 말해줄테니.

세상에서 제일 화려한 불꽃놀이

"펠리스 아뇨 누에보(Happy New Year)!"

2017년 12월 31일, 볼리비아의 수도 라파즈에서 새해를 맞이하게 되었다. 볼리비아는 남미에서 가장 가난한 나라 중 하나이다. 새해를 기념하는 불꽃놀이를 줄곧 기대해왔는데 이 곳에서는 화려한 불꽃을 볼 수 없을 것 같아 못내 아쉬웠다.

그래도 혹시나 하는 마음에 자정을 10분 정도 앞두고 마을 광장으로 향했다. 삼삼오오 짝을 지어 앉아있는 사람들은 상기된 표정으로 '펠리스 아뇨 누에보'를 외치고 있다. 어디를 둘러봐도 불꽃놀이를 위한 기계가 설치된 것은 보이지 않는다. 나는 살짝 초조한 마음으로 연거푸 시계만 쳐다보았다.

"오, 사, 삼, 이, 일!"

드디어 자정이 되었다. 2018년의 막이 오른 것이다. 역시나 아무런 변화가 없는 하늘에 실망해서 돌아가려고 하는 순간, 연이은 굉음과 함께 불꽃이 날아오르기 시작했다.

"펑, 펑, 펑!"
눈 앞을 수놓는 풍경을 바라보고 있으면서도 믿을 수가 없었다. 그 곳에는 시드니나 라스베이거스처럼 대형 기계에서 뿜어져 나오는 화려한 불꽃은 없었다. 하지만 분지로 형성된 마을 곳곳에 사람들이 모여 일제히 불꽃을 터뜨리고 있었다.

처음에는 정부에서 지원해주는 축제라고 생각했다. 남미의 최빈국에서 공산품인 폭죽이 저렴할리가 없으니까. 행여나 저렴한다 한들 그들에게는 당장의 배고픔을 해결할 빵 하나가 더 중요하지 않을까. 하지만 호스텔 주인은 그들이 자발적으로 돈을 모아 폭죽을 산 것이라고 했다. 몇 날 며칠, 아니 몇 달간 돈을 모아서라도.

불꽃이 날아오르는 곳마다 사람들의 함성이 들려온다. 그들은 얼마나 오랜 시간동안 지금 이 순간을 기다려온 걸까. 몇 년을 입었는지도 모를 낡아빠진 옷에 천을 덧대어 끼우면서도 새로운 해를 축복하는 세레머니를 위해 한 푼 두 푼 모아왔겠지.

나는 약 20분 동안 하늘을 멍하니 바라만 보았다. 그 아름다운 하모니는 천천히 내 마음속까지 물들였다. 내가 그들과 같은 가난을 겪고 있었더라면 내일과 새로운 해가 오는 것을 이토록 축복할 수 있었을까. 세상에서 제일 화려한 불꽃놀이를 보았다. 그날 밤 내 마음속에 퍼진 것은 그들의 삶에 담긴 희망이었기에.

나를 위로하는 방법

가끔씩 내가 세상에서 제일 쓸모없는 사람이 된 것 같은
기분에 빠져버릴 때가 있다.

나름대로 열심히 살고 있다고 생각했지만
제대로 되어가는 것이 하나도 없다고 느끼며 막막해질 때.
두둥실 떠오른 우울감 앞에서
집으로 돌아가는 길을 잊어버린 어린 아이처럼 무력해진다.
그럴 때면 억지로라도 잠을 청하고는 했다.
잠시라도 나를 괴롭히는 잡생각들과 멀어지는 방법은
마주해야 할 모든 일을 거부한 채 잠에 드는 것 뿐이었다.

어쩌면 현실을 도피하고 싶었던 건지도 모른다.
오랜 시간 잠을 자는 것도, 긴 여행을 떠나온 것도.
누군가는 현실을 외면하고
여행을 떠나는 것은 위험하다고 충고한다.
하지만 현재의 상황을 이겨낼 자신이 없다면
그깟 도피쯤 한 번 하면 뭐 어떤가.

은행나무는 낙엽을 떨어뜨려 새싹을 돋아낸다.

때로는 웅크리고 있는 시간도 필요하다.

다시 출발선에 섰을 때 부지런히 걸어갈 수 있도록.

카르마

"어떻게 하면 낯선 이에게 이런 친절을 베풀 수 있는 거야?"

그동안 목구멍 끝까지 치솟았던 물음이 마침내 빠져나왔다. 플라야 델 카르멘 호스트 데이비드는 지금까지 만나온 호스트들처럼 아주 친절했다. 단순히 친절하다는 말로 부족할지도 모르겠다. 내가 마주한 이들 대부분이 그러했듯이. 데이비드는 출근하기 전에 직접 만든 과일주스를 식탁 위에 올려놓고 나갔다. 또한 내가 유명 관광지 중 하나인 세노테에 가보고 싶다고 하자 운전해서 데려다주기까지 했다. 그의 친절이 너무나 고마우면서도 한편으로는 의아했다. 카우치서핑으로 만난 지 얼마 되지 않은 나에게 선뜻 호의를 베풀 수 있는 것이. 그는 어깨를 한 번 치켜세우더니 별 것 아니라는 듯 말을 이었다.

"나는 카르마를 믿어. 내가 누군가를 도왔을 때 지금 당장 나에게 물질적인 보상이 돌아오는 것은 아닐 거야. 하지만 이 친절은 돌고 돌다가 내가 정말 필요로 할 때 돌아오게 될 거야."

문득 플라야 델 카르멘에 오기 이전에 칸쿤에서 함께 지냈던 호스트에게 들은 말이 떠올랐다.

"한국에 여행을 갔었어. 그 때가 10년 전쯤이었지. 호스트 직업은 의사였어. 그녀가 여행을 잘 하라며 카드 한 장을 주더라고."

"아하, 교통카드?"
"아니, 신용카드. 그 때 다짐했어. 앞으로 우리 도시에 여행을 오는 여행자들을 만난다면 나도 똑같이 베풀어야겠다고."

일상으로 돌아온 지금까지도 그들이 말한 카르마의 의미를 온전히 깨닫지는 못 했다. 하지만 내가 길 위에서 받은 사랑을 조금씩 베풀려고 노력 중이다. 외국인 여행자가 보이면 발걸음을 멈추고 길 안내를 해주거나 지하철 티켓을 사는 것을 도와주는 사소한 것들부터. 자그마한 기념품을 팔아 여행 경비를 마련하는 이들이 보이면 엽서라도 두어 장 사주어야 마음이 놓인달까.

프랑스 파리 호스트 세드릭과 크로아티아 풀라 호스트 마르코가 한국에 온 적이 있다. 업무로 인해 평창 올림픽을 관전하기 위해서였다. 나는 그 둘을 초대하여 따뜻한 밥 한 끼를 차려주었다. 내가 받은 것에 비하면 작은 정성이지만 한국에 와서 현지인의 집에 초대된 기억은 그들이 또 다시 누군가에게 베풀고 살아갈 이유가 될 테니까.

선의는 돌고 돈다. 내가 베푼 친절은 손 끝을 타고 다른 누군가에게 흘러들어갈 것이다.

그렇게 한참을 유랑하다 내게 돌아오는 기간이
까마득히 멀지라도
어딘가에서 누군가를 감동시키고 있겠지.
그거면 된 거 아닐까.
나의 작은 손짓이 세상을 좀 더 따스하게 만들었다면.

달콤한 데낄라 한 잔

'거미가 줄을 타고 올라갑니다. 비가 오면 거미가 내려옵니다. 해님이 방긋 솟아오르면 거미가 줄을 타고 올라갑니다.'

_동요 <거미가 줄을 타고 올라갑니다>

내 마음속에는 거미줄이 있다. 얽히고 설켜 눌어붙은 기억을 감추고 싶기라도 한듯이. 누군가 그 기억을 건드릴 때면 어김없이 생채기가 나고는 했다. 나는 교사이신 부모님과 귀여운 남동생과 함께 풍족하지는 않아도 부족할 것 없는 생활을 해왔다. 기억도 안 나는 어린 시절에는 아마 걱정이라고는 하나도 없어 보이는 해맑은 아이였겠지.

일곱 살 때 사건은 벌어졌다. 대구에서 자랐던 나는 그날도 어김없이 동네 친구들과 놀고 집에 들어왔다. 평소와는 집안 분위기가 어딘가 다르게 느껴졌다. 부모님은 큰 소리로 싸우고 있었고 불 같이 화를 내는 아빠의 모습이 보였다. 엄마는 우리들을 꼭 껴안고 방문을 다급하게 잠갔으며, 아빠는 경찰이 올 때까지 한동안 부서져라 방문을 두들겼다.

그 이후 모든 일은 일사천리로 진행되었다. 집 안에 외할머니, 친척들이 오셨고 아빠의 얼굴은 다시는 볼 수 없었다. 듣자하니 아빠는 이혼을 하고 새 살림을 차릴 것이라고 했다. 그때는 그게 무슨 뜻인지 잘 몰랐다. 그저 무서웠다. 울고 있는 엄마도, 생전 처음보는 모습으로 화를 내던 아빠도.

잘 기억도 나지 않지만 외할머니의 말을 빌리자면 어린 나이에 너무 큰 충격을 받은 나는 잠깐 실성해버렸던 것 같다. 고춧가루를 숟가락으로 퍼먹는다거나, 미친 듯이 웃다가 갑자기 운다거나 하는 이상 행동을 보이기 시작한 걸 보면. 엄마는 나를 정신병원으로 데려갔다. 그때 치료를 받으면서 의사선생님이 나에게 불러주던 노래가 '거미가 줄을 타고 올라갑니다'라는 동요였다.

이후 엄마와 동생과 함께 서울에서 새 출발을 하게 되었다. 갑작스레 어린 아이 둘을 혼자서 책임져야 했던 엄마는 놀랍도록 이성적이고 차가워졌다. 그 때 내게 필요했던 것은 따뜻한 보살핌이었는데. 백점짜리 성적표를 몇 번이나 가져와도 엄마에게는 표정이 없었다. 잘 하고 있다는 격려나 칭찬대신 엄마는 항상 나에게 타일렀다. '아빠없이 자란 아이'라는 말을 듣고 싶지 않으면 성공해야 한다고. 아직 한참 부족하다고.

페르소나, 항상 밝고 행복한 척하는 가면을 벗겨보면 남들의 시선을 의식하며 두려움에 떨고 있는 내가 있었다. 조금만 행동을 잘못하면 모두가 손가락질하고 곁을 떠나버릴 것 같았다. 타인에게 인정을 받지 못하면 혼자 남겨질 것 같아서, 내 존재를 잃는 것 같아서 늘 두려웠다.

아빠에게 버림받았다는 상처와 엄마에게 사랑받기 위해 아등바등거려야 했던 나의 유년은 트라우마로 남았다. 어쩌면 빠른 성공을 이루고 싶었던 이유도 이런 과거가 밑바탕이 되었는지도 모르겠다.

그래도 언젠가는 드러내고 싶었다. '나 이렇게 못난 아이야. 그래도 나를 좋아해 줄거니?'라고 묻고 싶었다. 마음 한 가운데 거미줄로 에워싸 공간을 만든 채, 그 곳에 앉아 누군가가 밖에서 꺼내주기를 기다렸다. 다니엘은 내가 산 크리스토발에서 지내는 아흐레 동안 하루에 4만 원씩이나 하는 독채를 생색조차 내지않고 내어준 고마운 호스트였다. 미안해서 어쩔 줄 몰라하는 내게 그의 말 한 마디는 햇살처럼 따뜻했다.

"미안해 할 필요 없어. 나를 멕시코에서 만난 아버지라고 생각하고 편하게 지내렴."

수많은 카우치서핑 호스트를 만났지만 본인을 아버지처럼

여기라 했던 이는 처음이었다. 오랜만에 듣는 그 단어가 너무 따뜻해서, 아무런 이유없이 받게 된 호의가 너무 고마워서 마음 한편이 자꾸만 시큰거렸다. 그래서 다니엘에게 꽁꽁 숨겨만 두었던 이 사실을 알렸는지도 모른다. 그는 데낄라 한 잔에 라임주스를 태워 눈물이 그렁그렁한 나에게 건넸다.

"영은, 사람들은 네 사정을 알게 되어도 싫어하지 않을거야. 한국에 돌아가면 사랑하는 이들에게 솔직하게 털어놓으렴. 그래도 울적할 때는 산 크리스토발을 떠올려. 멕시코 아버지는 항상 이 자리에 있으니까."

잔을 들이켜니 혀 끝을 통해 달콤한 맛이 전해진다. 독한 술로만 여겨 먹어본 적 없던 데낄라였는데. 다니엘에게도 라임주스를 건네주려 하자 그는 괜찮다고 손짓하며 데낄라 원액을 단숨에 들이켠다.

"윽, 그건 너무 쓰지 않아?"
"나는 술에 무언가 타는걸 안 좋아해. 원액이 본래의 맛이라 생각하거든. 한 사람을 제대로 이해하려면 아무것도 섞이지 않은 솔직한 이야기를 들어야 하는 것처럼 말이야."

뾰족 구두

목이 늘어난 티, 보풀이 잔뜩 일어난 레깅스, 구멍난 운동화. 여행 내내 지겹도록 입고 다녔다. 시간이 갈수록 예쁜 원피스에 구두를 신고 여행지를 돌아다니고 싶은 갈증이 고개를 들었다. 하지만 구두를 사봤자 자주 신지도 못할 것이 뻔했다. 가뜩이나 무거운 배낭에 불필요한 짐을 추가할 필요는 없었다.

과나후아토의 성당에서부터 시장까지 이어진 거리를 무작정 걸었다. 멕시코시티로 향하는 버스를 타기까지 얼마간의 시간이 남아있었다. 멈춰선 곳은 우연찮게도 현대적인 샵들이 늘어선 쇼핑 거리였다.

색감이 고운 원피스와 코가 반질한 구두들이 진열장에서 날 유혹한다. 나는 멕시코시티에 겨우 이틀 머무르다 마지막 여행지인 라스베이거스로 갈 예정이었다. 한국으로 돌아갈 날이 며칠 남지도 않았는데 이제와서 원피스랑 구두를 사는 것은 낭비가 아닐까. 그 앞에 서서 한참을 서성거렸다. 배낭여행자가 큰맘 먹고 하려는 소비가 얼마나 효율적인지 고민하다가 웃음이

나왔다. 효율을 논할 거라면 애초에 직장을 퇴사하고 여행을 떠나오지 말았어야지.

　'그래, 하고 싶은 것은 다 하고 돌아가자. 내가 언제 또 하이힐을 신고 라스베이거스를 돌아다니겠어.'

　그렇게 새빨간 원피스 한 벌과 검은색 하이힐을 손에 들고서야 그 곳을 떠날 수 있었다.

　라스베이거스에서 보내는 나흘 내내 모델이라도 된 양 또각거리며 스트립을 활보하고 다녔다. 낡아빠진 운동화 대신 뾰족구두를 신고 다니는 것은 신선한 기분이었다. 더 이상 여기저기 바쁘게 다녀야하는 여행자가 아니라, 내일 당장이라도 근사한 저녁 약속을 잡을 수 있는 현지인이 된 기분이랄까.

　각양각색의 호텔들이 만들어낸 분위기는 독특했다. 패리스 호텔을 구경할 때는 파리에 와있는 것 같고, 뉴욕뉴욕 호텔을 구경할 때는 뉴욕에 와 있는 것 같았다. 한 도시에서 세계를 여행하는 것 같은 라스베이거스만의 느낌이 좋았다. 홀린 듯이 구석구석 돌아다니고 나니 그제야 피로감이 몰려온다. 분수대 앞에 슬쩍 걸터앉았다.

’

문득 첫 출근을 하던 날 높은 구두를 처음으로 신고 아파했던 기억이 떠오른다. 그 때는 세상이라는 높은 구두 위에서 어떻게 중심을 잡아야 할지 몰랐다. 물집이 잡히고, 때로는 넘어지고, 까져버린 뒤꿈치에 피가 나기도 했다.

오랜만에 신은 구두는 더 이상 낯설지 않다. 한 뼘 더 높은 공기를 맡아도 어색하지 않을만큼. 그동안 세상을 바라보는 시야가 두 뼘 더 넓어져서일까. 이제는 돌아가서도 하이힐을 또각거리며 세상을 향해 걸어갈 수 있을 것 같다.

여전히 반짝이는 구두를 바라보며 나지막하게 중얼거렸다.

'나 이제 돌아갈 준비가 된 것 같아.'

화려했던 순간

"영은, 준비 다 됐어? 이제 출발해야지."

나는 마지막으로 배낭을 싸고 있다. 놓고 온 것이 없다는 것을 아는 데도 왠지 모르게 미적거리게 된다. 라스베이거스에서 짧게 머물렀던 케이의 집을 떠나고 나면 길었던 내 여행은 정말 끝이 나는걸까.

고맙게도 케이는 공항까지 나를 데려다주겠다고 했다. 그리고 한동안 아무말 없이 운전에만 집중했다. 평소와는 달리 재잘거리지 않는 내 눈치를 보고 있는 걸까. 갑자기 그가 차를 공터에 멈춰세웠다.

"여기가 어디야?"
"저기를 봐."

그가 가리킨 곳은 비행기가 이륙과 착륙을 하는 드넓은 공간이었다. 몇 개는 착륙을 위해 날아오고 있는 듯 했고, 나머지는 이제 막 이륙을 하는 중이었다. 뒤로는 화려한 스트립의 불빛이 희미하게 보였다.

"케이, 내가 왜 긴 여행의 마지막 도시로 라스베이거스를 택한 줄 알아?"

"글쎄?"

"닮았다고 생각했어, 나랑. 겉으로 보기에는 값비싼 호텔들이 줄지어 서있고 화려한 조명들로 눈부신 곳이잖아. 그런데 실상은 마약이나 도박 등으로 얼룩져있지. 뭐랄까…… 나도 누구나 부러워하는 직장을 다니면서 화려해보이는 삶을 살았거든. 속은 곪아터지고 있었지만."

그는 어떠한 긍정도 부정도 하지 않았다. 잠시간의 침묵 끝에 그가 먼저 말을 걸었다.

"이제 곧 한국에 돌아갈 텐데 어떤 기분이야?"

"잘 모르겠어. 실감이 안 나. 긴 꿈에서 깨어나는 기분이랄까. 이 여행이 내 인생에서 가장 화려했던 순간이었던 것 같아. 다시는 오지 않을……."

정말 여행이 끝났다고 생각하니 갑자기 목이 메어온다. 나를 위해 준비된 무대는 이제 끝이 난 것만 같았다. 그 곳에서 내려와야겠지.

"영은, 나는 라스베이거스가 정말 좋아. 낮이면 낮대로 밤이면 밤대로 매력이 있지. 어느 것이 더 초라하다고 생각해본 적이 없는걸. 너의 삶에서도 낮은 오고 밤은 오겠지. 화려했던 순간은 사라지는게 아니야. 그저 지나가는 거지. 언젠가는 다시 새로운 여행을 떠날거잖아? 그러니까 슬퍼하지마.

그냥 그렇게 흘러가는게 인생인 것 같아. Just, 정말 그냥"

그는 이 말을 마치고 다시 차에 시동을 걸었다. 공항을 향해 가는 동안 생각에 잠겼다. 비행기가 어디론가 향해 떠났다가 다시 돌아오듯이 내 인생에서도 이 여행보다 더 행복할 날이 다시 오게될까.

공항에 도착했다. 입구에서 그와 가벼운 포옹을 한 뒤 짧은 인사를 전했다.

"나 다시 돌아올게. 잘 있어."
"언제든지 연락하라고."

그는 가볍게 손을 흔들며 응수했다.

누군가 내게 물었다.

숱한 안녕은
이별에 무던한 마음을 가지게 해주었냐고.
나는 여전히 내 발이 닿은 곳의 냄새나 소리 등의 감각보다
함께하던 이의 음성을 먼저 떠올린다.
사람을 만나고, 헤어진다는 것.
지극히 당연한 일이지만
내 귓가에 울리는 '안녕'이라는 목소리들을
어떻게 하면 무던하게 느낄 수 있는지
나는 여전히 잘 모른다.

'이번에도 잘 할 수 있지?'
'지금까지 잘 해왔잖아.'
'열심히 해야지!'
'넌 잘 할거야.'

가끔은 이런 말들이 주는 무게가 부담스럽게 느껴지는 날이 있다.
왜 우리는 모든 일을 잘 해야하고, 열심히 해야만 하는걸까.
때로는 그냥 흘러가듯이 조금은 힘을 빼고 살아도 되지 않을까.

적당히 살고 싶은 요즘
적당히 살고 싶은 그대에게.

그저 오늘 하루를 살아낸 것만으로 충분하다고 말해주고 싶은 밤.

First Class

〰〰〰

"고객님, 안녕하세요. 수화물은 총 3개 체크인이 가능한데, 짐이 하나밖에 없으신가요?"

혹시라도 항공사의 체크인 수화물 허용 중량을 넘겨 추가 요금이 붙을까 걱정해야 했던 날들이 엊그제 같은데. 15kg짜리 배낭은 이 곳에서 아주 가벼운 짐이 되어버리고 만다. 심지어 낡을 대로 낡아빠진 배낭을 비닐로 포장까지 해준다. 처음으로 누려보는 호사다. 지루한 기다림도 없이 가장 먼저 항공권 확인을 마친다. 왼쪽과 오른쪽으로 구분된 탑승 통로도 평소와는 다르게 비행기의 머리 쪽으로 향한다. 라스베이거스에서 인천까지 타고 갈 대한항공의 티켓에는 내 좌석이 01A라고 적혀 있었으니까.

언젠가는 느껴보고 싶었다. 돈이 무지하게 많거나, 사회적으로 높은 위치에 속한 사람들만 경험할 수 있을 것 같은 곳. 세계일주와 더불어 일등석을 타보는 것도 나의 오랜 로망이었다. 다닥다닥 붙어있는 이코노미석만 내리 타 오다가 창문을 네 개나 차지하는 일등석 좌석에 앉아 있으니 무언가 어색하다. 사무장과 승무원들이 번갈아 인사를 하러 온다. 연신 고개를 숙이는 그들에게 나 역시 매번 고개를 숙여 답했다. 좌석은 어떻게 젖히는 건지, 수납장은 왜 그리 많은 건지 한참을 두리번거린다. 이 정도면 누가 봐도 처음으로 일등석을 타본 사람이라고 알아챌 것이다.

기내식을 고르기 전에 어디서 본 건 있어가지고 가지고 있는 와인을 종류별로 깔아달라고 부탁드렸다. 승무원 언니가 들고 있는 와인 바구니 사진을 신이 나서 찍어댄다. 어쩐지 나 혼자만 신이 난 것 같아 주위를 둘러보니, 근엄한 표정의 아저씨 두 분이 천천히 식사를 고르고 계셨다. 그래도 괜찮았다. 나는 밥 먹듯이 일등석을 타는 사람보다 착실하게 마일리지를 모아 겨우 탄 사람으로 보이는 것이 더 좋았다. 마일리지가 가장 잘 모인다는 신용카드를 만들고 나서 언젠가 실현할 로망에 들떠있던 기억이 떠오른다. 내게는 이 자리에 앉아 있는 것이 지난 5년간 성실하게 회사생활을 했다는 지표였다.

식사를 마치자 비어있는 옆 좌석을 180도로 젖혀 간이침대를 만들어주셨다. 그곳에 누웠지만 자고 싶지는 않다. 이 황홀한 비행의 순간을 더 만끽하고 싶기도 하고, 귀국하기 전 내 마음을 다스릴 시간도 필요했다. 헤드폰을 쓰고 최신 가요를 선택한 뒤 눈을 감았다. 이제 진짜 한국으로 돌아간다니. 귀에 꽂히는 한국어 노랫말이 어색하기만 하다. 한국어가 더 어색할 정도로 긴 시간을 여행했구나.

대단한 사람들만 세계일주를 하고, 일등석을 타는 건 줄 알았는데. 대한민국의 평범한 스물여섯인 내가 일등석에 앉아 있다는 것이 새삼스럽게 느껴진다. 세계일주까지 한 마당에 이제 새로운 로망으로 무얼 떠올려야 할까. '미쉐린 쓰리스타를 받은 음식점에 가보기? 호캉스 즐겨보기? 아냐, 당분간은 학생인걸.' 무언가 그럴 듯 한걸 생각해보려 애쓰다가 가장 중요한 걸 놓치고 있다는 생각이 들었다. 다급히 핸드폰 메모장을 켜서 한 글자씩 입력했다.

'일상에서도 여행하는 것처럼 행복하게 지내기.'

간단하지만 그동안 이루지 못했던 것이다. 하지만 여행을 하며 늘어난 체중만큼 마음에도 살이 붙어서일까. 여행 이후에 맞닥뜨리게 될 현실도 잘 헤쳐나갈 수 있을 것 같은 예감이 들었다. 이제는 한국에서의 행복한 삶에 도전할 차례다. 잠시 후 인천 공항에 도착할 것이라는 기내 방송이 들려와서 눈을 떴다. 나도 모르게 잠이 들었나 보다. 한 번의 기내식을 더 먹었고, 간식으로 라면까지 아주 든든하게 챙겨 먹었다.

"고객님, 행복한 여행되셨나요?"

인천 공항에 착륙하자 사무장과 승무원들이 마지막 인사를 전해온다. 나는 보조 배낭을 둘러맨 채 씩씩하게 대답했다.

"네, 정말 행복했어요!"

긴 여행도, 황홀한 비행도 끝이 났다. 하지만 발걸음을 내딛는 순간 새로운 삶이 기다리고 있을 것이다. 무언가 끝남과 동시에 새롭게 시작하는 것, 어쩌면 그것이 인생일 테다.

,

8만 원짜리 파마

'귀국한 첫 날에는 뭐 하셨어요?'

다른 여행자들은 귀국한 첫 날 무엇을 하는지 모르겠지만
나는 미용실로 곧장 달려갔다. 제멋대로 자란 긴 머리는 잔뜩
엉켜서 못 봐줄 지경이었으니까.

이 정도 여행을 하고 귀국을 하면 누군가 푯말 하나쯤 들고
기다리고 있을거라 생각했건만. 현실은 무거운 배낭을 꾸역꾸역
메고 공항 철도를 타고 집 근처 지하철 역까지 와야만 했다. 그
곳에는 엄마가 차를 끌고 건강이와 함께 마중나와 있었다.

혹시나 건강이가 나를 까먹었으면 어쩔까하고 걱정했는
데 강아지의 동물적 감각을 얕봤나보다. 반갑다고 꼬리를 쉴새
없이 흔들며 안겨오는 걸 보면. 그에 반해 엄마는 마치 내가 3박
4일정도 되는 여행을 다녀온 것처럼 맞이했다. 그래도 나는 엄
마의 입꼬리가 올라가 있는 것을 보았다.

외할머니는 엄마를 통해 내가 돌아왔다는 소식을 듣자마

자, 바로 내게 전화를 거셨다. 서울로 세 식구가 올라온 뒤 엄마가 출근을 하면 나와 동생은 할머니와 시간을 보냈다. 그래서인지 할머니는 나를 각별하게 여기셨다. 여행을 떠나기 전까지는 하루에 한두 번은 꼭 통화를 했었는데. 긴 시간 내내 목소리를 듣지 못 하셨으니 많이 답답하셨을 거다.

　"아이고, 내 강생이. 잘 다녀왔나. 아픈 곳은 없었나. 이제는 어디 가지도 말아라."

　"할머니, 저 잘 다녀왔어요. 이제 막 집에 도착했어요. 그런데 바로 미용실에 가려고요."

　"미용실? 내가 잘 아는 곳이 있다. 거기 머리 잘 한다. 할미가 머리 해 줄게. 역 앞에서 만나자꾸나."

　나는 짐만 거실에 놓아두고 외할머니를 만나기 위해 쏜살같이 역으로 향했다. 오랜만에 본 할머니는 하얀색 머리칼과 깊게 파인 주름이 더 늘어나 있었다. 얼마나 반가웠으면 나를 꽉 껴안고 한참을 놓아주지 않으신다. 할머니의 손을 잡고 도착한 곳은 한 눈에 봐도 세련된 외관을 가진 헤어숍이었다. 미용실이라기 보다는 헤어숍이라는 말이 더 어울릴 법한 곳. 이런 곳에서 파마를 하면 이십만 원은 나올 걸 알았기에 나는 손사래를 쳤다.

"할머니, 여기 비싸요. 내가 아는 다른 곳으로 가요."

"아니다, 가만히 있어봐. 지난번에 내가 여기서 5만 원에 했어."

아마 어르신들의 머리는 길이가 짧아 파마약이 많이 안드니 저렴하게 해주는 모양이었다. 직원이 내 머리는 길기도 하고 젊은 친구라 다르다고 설명을 해주었다.

"나 돈 있어. 그럼 8만 원에 해 줘요."

직원들 얼굴에 난처해하는 표정이 스쳤고 자기들끼리 수군거리기 시작했다. 조심스레 직원에게 가격을 물었다. 역시 20만 원에 가까운 금액이다. 그런데 할머니는 이상하게 고집을 피우신다.

"아, 할머니. 여기 비싸다니까요. 자, 나가자 얼른."

나는 할머니를 억지로 끌고 가게를 나섰다. 부끄러운 마음에 딱 봐도 비싼 게 분명한데 이게 뭐냐고 툴툴거렸다. 할머니는 내 투정을 가만히 들으시더니 고개를 푹 숙이신다.

"오랜만에 우리 손녀 얼굴 봤잖아. 그동안 떨어져있느라 뭘 못 해줘서 머리라도 해주고 싶었지. 그런데 애들 머리하는게 그렇게 비싼지 모르고 돈을 8만 원 밖에 안 가지고 와서……."

　　아, 순간 마음이 찌릿했다. 38년생인 할머니는 노인 기초연금을 조금씩 모은 돈으로 내 머리를 해주고 싶으셨던 거다. 맞다, 내가 잠시 잊고 있었다. 나에게 용돈을 조금이라도 더 쥐어주려고 마을버스를 타는 몇 백원이 아까워서 절뚝거리며 집까지 걸어가는 분이 우리 할머니라는걸.

　　눈 앞이 흐릿해져 오는걸 애써 참으며 내가 아는 곳은 저렴하니까 거기서 해달라고 했다. 하지만 동네의 작은 미용실에서도 내 머리는 9만 원을 불렀다. 나는 1만 원을 따로 계산할 테니 할머니한테는 8만 원이라 말해달라고 했다. 왠지 그렇게 해야 할 것 같았다. 머리를 하는 내내 할머니는 옆에 앉아서 내 얼굴을 하염없이 지켜보셨다. 어쩌면 내가 보낸 428일은 모두에게 같은 시간으로 흐르지 않았을거라는 생각이 든다. 혹시라도 손녀가 잘못될까 눈물로 밤을 지새우시며 800일 같은 400일을 보내셨을지도 모른다.

　　머리를 하고 집으로 돌아오자 건강이가 다시 한 번 나를 반긴다. 이 녀석도 오랫동안 나를 기다렸겠지. 엄마는 종종 건강이가 내 방 침대 위에 앉아 있다는 메시지를 보내곤 하셨다. 강아지는 인간보다 수명이 짧아서 1시간을 6시간으로 느낀다고 하던

데. 그럼 너는 대체 얼마나 나를 기다린걸까.

방 문을 열었다. 먼지가 가득차 있을 줄로만 알았는데 책상이 바로 어제 닦은 것처럼 반질거린다. 매일 누군가 들어와서 청소를 한 흔적이다. 엄마는 매일 내 방을 닦고 계셨던 것이다. 사랑받고 있다는 생각이 들었다. 긴 공백은 너무 당연해서 느끼지 못 했던 것들을 알아차리게 만들어주었구나. 떠나있는 시간동안 누군가는 나 때문에 앓았을 것이다. 나보다 더 나를 걱정해준 그들 덕분에 마음껏 행복할 수 있었던걸까. 갑자기 방문이 벌컥 열린다.

"살아서 돌아왔네! 윽, 살찐거 봐. 엄청 못 생겨졌어!"
"야, 너 오랜만에 보는 누나한테 그게 무슨 소리냐! 혼나려고!"

동생의 등짝이라도 한 대 쳐주려고 거실로 나가는데 느닷없이 온기가 느껴진다. 2월의 끝자락에 느닷없는 온기라니. 이런게 바로 가족의 품인 걸까.

나 진짜 돌아왔구나.

고장난 시계

  아무것도 아닌 물건이 소중한 추억을 불러올 때가 있다. 특히 여행을 할 때 가지고 갔던 물건은 더욱 그렇다. 한동안 내 등에 업혀 살았던 배낭, 지겹도록 입고 다녔던 파란색 바람막이, 때가 잔뜩 낀 2만 원짜리 전자시계까지.

  세계일주를 끝마칠 때까지 멀쩡했던 전자시계가 마침내 고장이 났다. 귀국한 지 딱 2주만이었다. 이제는 시계를 차고 이리저리 구를 일도 없는데. 아마 여행기간 동안 내가 잘 버티도록 시계도 견뎌주고 있었나보다. 새롭게 바꿔 낀 시계는 때가 잔뜩 낀 흰색 전자시계보다는 모양새가 멋졌지만, 손목을 잔뜩 옥죄는 게 여간 불편하지 않다. 어색한 촉감에 자꾸만 손목을 만지작거리며 중얼거렸다.

  '가끔은 자유롭게 날아오르던 그 때가 그립겠지.'

  책상 서랍 안에 고장난 시계를 집어넣었다가 이내 다시 꺼내 화장대 위에 올려놓는다. 내 시야에서 시계가 사라지면 여행의 기억도 점차 흐려질 것만 같았다.

소소하지만 찬란했던 날들을 오래도록 기억하고 싶다. 그 날의 눈부심이 갈수록 희미해질지라도.

날 것이 더 좋아지는 요즘

　　돌아오자마자 일주일 후에 복학을 했다. 여자 나이 스물여섯 살에 대학교 3학년이라니. 쉽지 않을 것이라 예상을 하고 떠난 것이지만 막상 현실로 닥치자 불안한 마음은 감출 수가 없었다. 친한 친구는 결혼을 한다고 했다. 자그마한 신혼 집도 벌써 자기 돈으로 마련했단다. 하긴 회사를 계속 다녔으면 벌써 내가 7년차일 때니 결혼도 집 장만도 무리는 아니다. 축하한다는 말을 건네면서도 한편으로는 나와 멀어진 이야기들이 조금은 낯설고 부러웠다.

　　사람은 적응의 동물이라고 했던가. 처음 여행을 떠나기 전의 다짐이나 여행을 하며 느꼈던 것들은 시간이 지날수록 희미해져갔다. 바쁘게 돌아가는 한국 생활에 적응하기 위해 다시 숨가쁘게 달려야만 했다. 장기여행자라면 한 번쯤은 빠지게 된다는 여행 후유증에 빠져 시간을 낭비하게 될까봐 두렵기도 했다. 이미 대학생이라 하기에는 적지 않은 나이였기에 뒤를 돌아볼 시간이 없다고 생각했으니까. 그래서 여행 할 때의 모습들은 외장하드 속에 넣어두고 한동안 거들떠보지도 않았다.

그 날따라 왜 그랬는지 모르겠다. 휘몰아치는 과제와 쌓여가는 공부량에 지친 밤이었다. 나는 무언가에 이끌린 듯 오랜만에 앨범을 뒤지기 시작했다. 세계 곳곳에서 환하게 웃고 있는 내 모습이 새삼스럽게 느껴진다. 불과 몇 달전의 일이었는데 왜 이렇게 멀게만 느껴지는걸까. 사진을 넘기던 손길은 조지아의 시그나기 사진에서 멈췄다. 평소와는 다르게 과하게 보정을 한 사진이 눈에 띄었기 때문이다.

　　시그나기에 도착했을 때 아쉽게 날은 흐렸고 비까지 부슬부슬 내리고 있었다. 먹구름이 자아내는 침울한 분위기가 실망스러웠다. 나는 주황색 지붕과 흰 벽돌, 그리고 파아란 하늘의 조화가 만들어내는 아기자기함에 끌려 이 곳에 온 것이었으니까. 이런 날씨에는 아무리 사진을 찍어도 도무지 예쁘게 나오지가 않았다. 나는 카메라 자체 필터 기능을 이용해 채도를 최대한 끌어올렸다. 그제야 조금은 봐 줄 만한 사진이 나오는 것 같았다. 사진들을 SNS에 올리며 이곳의 아름다움을 뽐냈다.

　　이제와서 생각해보면 시그나기는 흐린 날도 충분히 매력적인 도시였다. 내가 아름다울 것이라 생각하고 씌운 프레임이 밝고 화창하고 통통튀는 도시였을 뿐. 어쩌면 살짝은 빛바랜 듯한 특유의 차분한 분위기에서 고즈넉한 매력을 느낄 수 있는 곳이었다. 왜 그 때는 필터를 씌워 잔뜩 꾸민 그 사진이 더 아름답다고 생각했을까. 문득 지금 내가 하고 있는 행동이 그 날과 무엇이 다른가라는 의문이 들었다. 기껏 428일짜리 여행을 해놓고도 어땠는가. 누군가 나를 멋대로 판단하는 것은 싫어하면서 정작 스스로를 틀에 가둔 채 살아가고 있었다. 현실에 적응을 잘하는 것처럼 보이기 위해 열심히 살아가야 한다고 강요하면서. 지금 나에게 필요한 것은 불완전한 스스로에게 너그러워지는 것이 아닐까. 가진 것이라고는 열정밖에 없어도, 애써 꾸미지 않아도 괜찮다고. 길 위에서 배운 것처럼 나의 속도에 맞게 한 걸음씩 천천히 나아가면 된다고. 나는 나에게 씌운 필터를 벗기기로 했다.

날 것이 더 좋아지는 요즘이다.
아무런 꾸밈없는 오늘 밤처럼.

우거지 얼큰탕

어릴 적 누군가 이 다음에 커서 무엇이 되고 싶냐고 물어오면 참 다양한 대답을 했던 것 같다. 좋아하는 드라마를 볼 때면 배우가 되고 싶었고, 발라드곡에 푹 빠져버렸을 때는 절절한 목소리로 호소하는 가수가 되고 싶었다. 한 나라를 이끄는 대통령이 되고 싶기도 했고, 흰 가운이 멋있어 보여서 의사가 되고 싶기도 했다. 그 때는 아무런 걱정이 없었다. 그저 내가 하고 싶다고 말하면 할 수 있는 건 줄 알았으니까.

하지만 시간이 갈수록 점점 답하기가 어려워졌다. 나처럼 평범한 사람이 이루기에는 어려운 꿈도 있다는 것을 깨달았기에. 간혹 하고 싶은 것이 생겨도 현실적인 문제가 발목을 잡았다. 이를테면 글을 쓰며 살아가는 것이랄까. 긴 여행을 하고 돌아오면 좀 더 명확해지지 않을까 기대하기도 했다. 세상을 품어본 사람이면 적어도 자기가 무엇을 하고 싶은지에 대해서는 확실히 대답할 수 있지 않을까 하고.

아쉽게도 달라진 것은 없었다. 여전히 나는 대한민국의 수

많은 취업준비생 중 하나였다. 토익 공부와 컴퓨터 자격증을 따고, 채용 공고를 확인하며 한숨짓는. 몇 십개국을 여행했다고 해서 특별한 꿈이 생기길 바란 것은 무리한 욕심이었을지도. 그래서 길을 걷다 우연히 마주친 식당이 그렇게나 반가웠는지도 모르겠다. 단 돈 2천 원이면 국밥 한 끼를 먹을 수 있는 벌써 60년이나 되었다는 그 곳. 이 오래된 국밥집 앞에서 나도 모르게 발걸음을 멈췄다.

'저 가격으로 장사를 해도 남는 것이 있을까?'

갑자기 얼큰한 국밥 내음이 코를 찔러온다. 걱정이 순식간에 안도로 바뀌고 위로가 되어 내 곁에 다가선다.

'그래, 나중에 무슨 일을 하든지 간에 말이야.
아무리 세상살이가 힘이 들어도
따듯한 국밥 하나 정도는 사 먹을 수 있지 않을까.'

식당 앞의 열기가 마음을 후끈하게 덮는다.
내가 무슨 일을 하든 배곯지 않고 살아갈 수 있다는 것만으로도.

여행을 하고나서 행복해졌나요?

나는 행복하고 싶었다. 행복이라는 단어의 뜻이 뭔지도 잘 모를 시절부터 머리가 커버린 지금까지. 여전히 행복이 무엇이냐고 물어오면 선뜻 답하지는 못 하겠지만. 무언가 삶에 결핍이 느껴졌으니 행복을 좇았던 것 같기도 하다.

여행을 하면서도 이따금씩, 아니 꽤 자주 행복에 대해 생각했다. 분명 여행을 하면서 나는 행복했다. 하지만 이 행복은 신데렐라의 유리구두 같은 것이 아닐까. 여행이 끝나면 금세 사라져버리는.

그렇기에 나는 더 필사적으로 행복할 수 있는 방법에 대해 찾으려고 노력했다. 그걸 알지 못한 채 돌아가면 내 여행은 실패에 가까울 것 같았으니까.

갑자기 또렷한 생각이 떠오른 것은 아니었다. 여행을 하면서 서서히 스며들었다고 해야할까. 어쩌면 긴 여행을 하고 돌아와야만 알 수 있는 것도 아니었다. 떠나지 않아도 알 수 있는 것이지만, 떠나보니 더 명확하게 알 수 있던 것. 나는 그 이야기를 해보려고 한다.

지금 여기에 놓여있는 나의 행복을 있는 힘껏 안아버리는 것에 대하여.

첫째, 행복하려고 애쓰지 말기.

길 위에서 만나는 친구들에게 빼놓지 않고 행복에 대해 물었다. 나와 다른 나라, 다른 환경에서 살아가는 그들은 어떻게 행복을 찾은 건지 궁금했으니까.

아이러니하게도 그들이 말하는 행복은 아주 평범한 것이었다. 햇살이 내리쬐는 날 앉아있을 공원이 있고, 더운 여름날에는 집 앞에 있는 바다에 뛰어들면 시원해지기 때문에 행복하다고.

나 역시 여행에서 느꼈던 행복한 순간들은 별 다른 것이 아니었다. 우연히 접어든 길목에서 마음에 드는 카페를 발견했다던가, 지나가는 이에게 길을 물었는데 친절하게 답해주었다던가, 처음으로 먹어보는 이국적인 음식을 맛있게 먹었다던가 하는. 거창해보이는 세계일주 속에서도 행복이란 것은 사소한 곳에 숨어 있었다.

돌이켜보면 행복하고 싶다는 생각 자체가 어쩌면 행복에 대한 기준점을 높이고 있는 것일지도 모른다. '행복하고 싶다'는 말 자체가 행복은 지금 내 곁에 있는 것이 아니라 한 단계 높은 것을 취해야 찾을 수 있다는 말일 테니까.

둘째, 사소한 부분에서 행복해질 수 있는 이유를 발견하기.

여행을 하다보면 우리 나라가 잘 사는 편이라는 생각이 들 때가 많다. 지구상의 많은 어린이들은 배를 곯고 있었고, 비행기를 한 번도 못 타본 사람조차 많았다. 한 가지 아이러니한 것은 그럼에도 불구하고 그들은 끊임없이 행복하다고 말했다. 행복은 얼마나 많이 가지고 있는지가 아니라 어떤 시선으로 세상을 바라보냐에 달려 있었다.

행복이라는 것이 별 다른게 아니라는 것을 인정하고 나면 일상 속에서 행복을 찾게 된다. 오늘 빗소리가 너무 좋았다거나, 지하철 역의 플랫폼에 도착하자마자 문이 열렸다거나. 혹은 집에 가면 택배가 나를 기다리고 있다거나.

작은 것에 행복해질 수 있는 이유를 부여하자. 일명 '행복찾기' 연습이다. 곰곰이 생각해보면 하루에 적게는 다섯 개부터 많게는 열 개도 넘게 나온다. 나중에는 구태여 찾으려 하지 않아도 순간순간마다 행복을 느낄 것이다.

왜 이렇게까지 해야 하는 것이냐고 묻는다면 이렇게 답할 것이다. 한 번 뿐인 나만의 인생이니까. 내 앞에 놓인 행복을 외면하는 것보다 억지로 찾아내서라도 기뻐하고 즐거워하는 것이 더 바람직하지 않을까.

셋째, 행복해보이는 사람들과 내 삶을 비교하지 말기.

누구나 한 번쯤은 동경어린 시선을 받아본 경험이 있을 것이다. 남들이 부러워할만한 물건을 샀을 때, 혹은 시험에서 좋은 성적을 받거나 승진을 하는 등. 하지만 내 삶에 그러한 순간들이 많이 쌓인다고 해서 인생 자체에 대한 고민이 사라질 수는 없다.

이처럼 내가 부러워하고 있는 그 사람의 인생도 사실은 나와 별반 다르게 없다. 아침에 일어나서 밥을 먹고, 무엇인가 해야 하며, 화장실에 가고, 밤이 되면 어김없이 잠자리에 든다. 그 사람이라고 해서 연애가 척척 잘 풀리는 것도 아니고, 세상 모든 사람들이 자신을 좋아하는 것도 아니다.

타인의 삶이 나와 별반 다르게 없다는 것을 인지하고 나면 평범한 나의 삶에 더 만족하게 된다. 누군가와 비교하며 한탄하기 보다는 내게 주어진 것에 만족하는 것이 행복에 더 가까워지는 방법이니까.

일상에서 행복해지는 방법. 이것이 긴 여행이 내게 준 가장 값진 선물이었다. 이제 나는 더 이상 허황된 행복을 좇지 않는다. 그저 주어진 나의 하루에 감사할 뿐.

'여기서 행복할 것'
이라는 말을 써두었더니
누군가 나에게 일러주었다.

'여기서 행복할 것'의 줄임말이
'여행'이라고.

나는 크게 고개를 끄덕였다.

_ 김민철의 '모든 요일의 여행' 중 일부

저녁놀

당신이 불확실한 삶을 사랑하기를

부쩍 창문을 쳐다보는 일이 잦아졌다.

조금씩 바람의 온도가 내려가는 것을 보니 이제 정말 가을인 것 같다. 여름을 쫓아다닌 긴 여행 이후 2년만의 가을이다. 가장 좋아하는 계절을 2년만에 만난다는 것은 설레는 일이 아닐 수 없다.

이제야 고백하는 것이지만 퇴사를 하면 굶어죽을지도 모른다는 걱정까지 한 적이 있다. 인생이 180도 달라질 선택이었기에. 하지만 여행을 한 지 반 년이 훌쩍 지난 지금, 잘 먹고 잘 살고만 있다. 나처럼 모든 것을 내려놓고 무조건 떠나라고 외치고 싶지는 않다. 각자 삶의 무게는 다른 법이니까. 하지만 삶의 쉼표가 필요할 때라는 확신이 든다면 잠시 쉬고 와도 크게 변하는 것은 없다.

사람들은 불확실한 상태에 놓이는 것을 두려워한다. 멈추어야 한다는 생각이 들어도 내려놓지 못하고 괴로워하면서.

그런데 이것 하나만은 잊지 않았으면 좋겠다.

매 순간순간이 당신의 삶이다.
어딘가에 도달한 당신도, 도달하기 위해 애쓰는 당신도.

그러니까 마음 속 울림을 외면하고 결과만 좇는 삶 말고
다시는 돌아오지 않을 당신의 오늘을 살았으면 좋겠다.
넓게 보면 삶 자체가 여행이 아닌가.

나는 불확실한 미래가 더 이상 두렵지 않다.
무엇인가가 되지 않았다는 것은
무엇이든 될 수 있다는 뜻이니까.
그리고 이 책을 덮고 난 후에는 당신도 그러하기를.
두 손 모아 바라본다.

2018년 10월, 가을의 중턱에 접어든 고요한 밤
꼬맹이여행자

개정판을 내면서

2018년 2월 23일. 귓가에 울리는 한국말이 어색할 만큼 오랜 시간이 흐른 뒤, 꾀죄죄한 몰골로 인천 공항에 입국하던 날이 아직도 선명하다. 그을린 피부가 원래 색으로 돌아오기도 전에 언제 여행을 떠났냐는 듯 일상에 빠르게 적응해갔다. 대학교 3학년에 복학하여 숨 가쁘게 한 학기를 보낸 후, 여행의 단물이 빠져버리기 전에 세상을 돌며 겪은 이 여행의 마침표를 찍고 싶었다.

내게 여행의 마침표를 찍는 수단은 글이었다. 여행을 떠나기 전 퇴사를 결심하던 순간부터 수많은 여행지에서 SNS를 통해 많은 사람들과 직간접적으로 소통해왔다. 화려한 사진과 짧은 글로는 미처 담지 못했던 나의 경험을 공유하면서, 과거의 나처럼 인생이라는 여행지에서 길을 잃은 이들에게 손을 내밀고 싶었다.

그렇게 고등학교를 졸업하자마자 사회생활을 시작했던 앳

된 소녀가 약 5년간 재직한 회사를 퇴사하고, 1년 2개월간 배낭 하나 둘러메고 세상을 떠돌던 이야기가 2019년 1월 <삶의 쉼표가 필요할 때>라는 이름을 달고 세상의 문을 두드렸다.

사실 퇴사 후 세계일주는 당시 유행하던 어느 여행 에세이들처럼 다소 클리셰적인 면모가 있었다. 그런데 이 이야기는 인터넷 서점 여행 분야 종합순위 Top20위를 17주간 굳건히 지키며, 단숨에 베스트셀러에 오르게 된다. 이제서야 고백하자면, 나 혼자만의 노력으로는 절대 이루어낼 수 없는 일이었다.

누군가는 흘려넘길 수 있는 배낭여행자의 무용담, 내게는 삶의 한 조각을 떼어낸 소중한 기록. 이를 가벼이 여기지 않는 출판사를 만나기 위해 수십 곳에 원고를 투고했다. 하지만 평범한 스물여섯의 열정만 앞선 글을 곧이곧대로 받아주는 곳은 없었다. 간혹 긍정적인 답변이 올 때도 있었지만, 내가 가진 스토리를 상업적인 시선으로 바라본 경우가 대다수였다.

글을 쓰는 일은 포기하고 여름 방학을 알차게 보내기 위해 토익 학원이나 알아봐야 하나라는 생각이 들 때쯤, 한 출판사에서 답변이 왔다. 다소 짧은 내용의 미팅 제안. 고민하다가 나섰던 만남이, 내가 작가라고 불릴 수 있게 만들어진 첫걸음이 된다.

돌이켜보면 이 이야기가 빛날 수 있었던 것은 내가 가진 진정성을 믿고 격려해 준 출판사가 있었기 때문인 것 같다. 진정성을 가지고 내가 하고 싶은 이야기를 천천히 써내려가면 그 글은 더 빛날 거라며, 재촉하지도 다그치지도 않고 묵묵히 자료와 조언을 건네며 곁을 지켜주었던 에디터 최연 선배님. 글을 사랑하는 사람과, 나를 믿어주는 사람과 함께 할 수 있어서 나는 원고를 집필하는 순간이 무척이나 행복했다.

'책이 출간된 이후, 베스트셀러 반열에 오르고 나서 작가는 잘 먹고 잘 살았습니다.' 라고 이야기가 끝났더라면 좋았겠지만, 인생은 동화가 아니었다. 전업 작가로서 먹고살기에는 턱없이 부족한 작은 성공에 머물러 있자니 앞으로 살아갈 날들이 더 많았다. 나는 대학교를 졸업할 즈음에 맞추어 평범한 취업 준비생으로 돌아갔다. 좋아하는 일을 하기 위해서는, 안정적인 삶의 기반이 필요한 평범한 대한민국의 청춘이었으니까.

코로나로 인해 경제 직격탄을 맞은 시기의 취업 준비는 세계여행을 한 번 더 떠난 것과 마찬가지로 수없이 넘어지고, 일어서는 과정을 반복해야 했다. 자랑스럽게 여겼던 나의 발자취들이 타인에게 평가 당할 때마다 무너졌지만, 그럴 때마다 나를 일으켜주었던 것은 책이 출판된 순간부터 지금에 이르기까지 내 곁을 든든하게 지켜준 사람들이었다.

작가와 독자라는 인연으로 연결되어 나의 이야기에 귀 기울여주고 함께 가슴 아파해주던 그들이었기에, 부끄러운 속내를 글로써 편하게 표현할 수 있었다. 수많은 감정의 일렁임을 담아낸 SNS에 적힌 응원들을 보면서, 몰래 눈물을 훔쳤던 날들이 얼마나 많은지 알까. 불완전한 청춘이 제법 단단한 어른으로 불릴 수 있게 성장시켜준 것은 독자님들이었다.

이 책은 단단한 모양새를 이루기까지 작은 바람에도 이리저리 흔들리던 이십 대 초중반 J양의 이야기다. 하지만 아침 일찍 지하철을 타고 어디론가 향하던 L군의 이야기일 수도, 건너 동네에 살고 있는 P양의 이야기일지도 모른다. 불확실한 청춘의 삶 가운데를 지나고 있는 당신에게, 이 책이 약간의 이정표가 되기를 희망하면서.

2022년 한 해를 시작하면서,
꼬맹이여행자 마침

삶의 쉼표가 필요할 때 R

초판 1쇄   2019년 1월 17일
초판 8쇄   2019년 6월 19일
개정판 1쇄 2022년 4월 20일

지은이   꼬맹이여행자(장영은)
펴낸이   최대석
편집   최연, 이선아
디자인1   H. 이치카, 김진영
디자인2   이수연, FC LABS

펴낸곳   행복우물
등록번호   제307-2007-14호
등록일   2006년 10월 27일
주소   경기도 가평군 가평읍 경반안로 115
전화   031)581-0491
팩스   031)581-0492
홈페이지   www.happypress.co.kr
이메일   contents@happypress.co.kr
ISBN   979-11-91384-22-2 03810
정가   16,500원

이 책의 국립중앙도서관 출판예정도서목록(CIP)은
서지정보유통시스템 홈페이지(http://seoji.nl.go.kr)와
국가자료공동목록시스템(http://nl.go.kr/kolisnet)에서
이용하실 수 있습니다.

Publisher's Note

Art Director. Choi Teodi

Jang Youngeun

Blog

REVIEW X REVIEW

하지만 분명한 것은 그녀의 여행에서 뭔가 느껴지는 게 있었다는 것이다. 문학 작품을 읽었을 때의 감동 같은게 그녀의 여행기에는 있었다. 이 작가가 새로운 여행책을 낸다면 기꺼이 찾아 읽을 것이다. 나랑은 다르지만 다르기에, 그래서 더더욱 끌리는 것 같다. 배움이 있는 여행, 성장이 있는 여행, 나는 아마 평생을 가도 그런 컨셉의 여행을 경험하진 못하겠지만 그녀의 이야기를 보면서 간접적으로나마 느껴보곤 싶었다.

from. 네이버 블로그

아듈(gustjddl628)

"전 행복의 진정한 비밀을 발견했어요, 아저씨.
바로 현재를 사는 거죠.
영원히 과거를 후회하거나 미래만 바라고 있기보다는
바로 지금 이 순간에서 가장 많은 걸 얻어 내는 거에요."
_ '키다리 아저씨의 선물 일부', 206p

REVIEW X REVIEW

어쩌면 흔하게 보일 수도 있는 콘텐츠이지만 뻔한 여행책과 퇴사 스토리를 넘어, 이 책에서는 작가님 자신만의 이야기와 생각들로 따스한 위로를 주는 이야기가 가득하다. 책을 읽으면서 몇 번 정도는 울컥할 만큼 그녀의 그 막막함과 고민들, 감정들이 나에게 많이 와닿아서 읽기 시작한 그 날 하루에 책을 전부 다 읽을 수 있었다.

가슴아픈 사회초년 시절을 보낸 내 친구들, 동생들,
그리고 숱한 고민을 거듭하는 이들에게,
위로를 건낼 때 함께 살포시 선물하고 싶은 책.

생각이 많아지는 어느 날이 생기면, 책장에서 꺼내어 언제든 다시 읽어봐야겠다.

from. 네이버블로그
          일개미(lf_traveler)

"작은 바람이 있다면 길 위에서 스쳐가는 모든 이들에게 강렬한 태양빛보다는 은은한 달빛으로 기억되고 싶다." _ '인디언 이름' 일부, 86p

오리도 날고 우리도 날고

김명진

아빠 힘들면
도망가!
feat. 오리찡

Kim Myungjin

오리도 날고
우리도 날고

아빠, 힘들면 도망가…!

정말 새가 되면 이런 느낌이지 않을
까? 그 자유로운 기분……

오리는 분 니는 줄 알았는데 애기 오리건 날았다.

자발적 퇴사자 아빠와 엉뚱한 아들, 세계를 날다
세계 곳곳에서 펼쳐지는 즐거운 분노,
고통스럽도록 유쾌한 에피소드들

네가 번개를 맞으면 나는 개미가 될거야

장하은

Jang Haeun

출간 즉시
베스트 셀러

네가
번개를 맞으면
나는 개미가
될거야

우울과 불안 사이, 그 너머엔…

어떤 추억은 가늘게 그어진 틈새 사이
로 빛을 받고 물에 금이기도 했다.

소심하고 내성적이었던 아이에서
더 소심하고 불안한 어른이 된 이야기
feat. 불안장애

꾸준히 사랑받는 ────────────────

 ──────── **연시리즈 에세이**

☆ ──────── **여행에세이 시리즈**

──────────────────────────── **콜렉션**

+ + +

"손가락 사이로 미끄러지는 빛은 우리의 마음을 헤쳐 놓기에 충분했고, 하얗게 비치는 당신의 눈을 보며 나는, 얼룩같은 다짐을 했었다."
_ 이제, 〈옷을 입었으나 갈 곳이 없다〉 일부

"곁에 머물던 아름다움을 모두 잊어버리면서 까지 나는 아픔만 붙잡고 있었다. 사랑이라서 그렇다."
_ 금나래, 〈사랑이라서 그렇다〉 일부

"'사랑'을 입에 담지 말 것. 그리고 문장 밖으로 나오지 말 것."
_ 윤소희, 〈여백을 채우는 사랑〉 일부

"구름 없이 파란 하늘, 어제 목욕한 강아지, 커피잔에 남은 얼룩, 정확하게 반으로 자른 두부의 단면, 그저 늘어놓았을 뿐인데, 걸음마다 꽃이 피었다."
_ 에피, 〈낙타의 관절은 두 번 꺾인다〉 일부

+ + +

당신의 어제가 나의 오늘을 만들고

김보민

김보민

당신의 어제가 나의 오늘을 만들고

당신의 어제가
나의 오늘을 만들고

김보민

김보민 에세이

오늘은 새로 산 육색 샷산에 초록빛
우롱차를 가득 넣은 날

내일의 당신에게서는 보라색 향기가 풍겨오면 좋겠어요

행복우물 연시리즈 _____ essay 05

너의 아픔
나의 슬픔

누구나 저마다의 사연이 있다

양성관

양성관

너
의
아
픔
나
의
슬
픔

너의 아픔
나의 슬픔

누구나
저마다의
사연이
있다

양성관

특별한 기획 에세이

사람들이 의사를 어떻게 볼 것이라
생각하지 마라. 길지며 가라울도.

환자가 죽고 싶다고 하면 의사인 우리는 ……

행복우물

행복우물출판사 도서 안내

● STEADY SELLER
○ 사랑이라서 그렇다 / 금나래
"내어주는 것은 사랑한다는 말, 너를 내 안에 담고 있다는 말이다"
2017 Asia Contemporary Art Show Hong Kong,
2016 컬쳐프로젝트 탐앤탐스 등에서 사랑받아온 금나래 작가의 신작

○ 여백을 채우는 사랑 / 윤소희
"여백을 남기고, 또 그 여백을 채우는 사랑. 그 사랑과 함께라면
빈틈 많은 나 자신도 온전히 좋아하며 살아갈 수 있을 것 같다."
'채우고 싶은 마음과 비우고 싶은 마음'을 담은 사랑의 언어들

● BOOK LIST
○ 장강유랑 / 이경교 ○ 음식에서 삶을 짓다 / 윤현희 ○ 삶의
쉼표가 필요할 때 / 꼬맹이여행자 ○ 벌거벗은 겨울나무 /
김애라 ○ 청춘서간 / 이경교 ○ 가짜세상 가짜 뉴스 / 유성식
○ 야 너도 대표 될 수 있어 / 박석훈 외 ○ 아날로그를 그리다
/ 유림 ○ 자본의 방식 / 유기선 ○ 겁없이 살아 본 미국 /
박민경 ○ 한 권으로 백 권 읽기 / 다니엘 최 ○ 흉부외과 의사는
고독한 예술가다 / 김응수 ○ 나는 조선의 처녀다 / 다니엘 최
○ 하나님의 선물 ─ 성탄의 기쁨 / 김호식, 김창주 ○ 해외투자
전문가 따라하기 / 황우성 외 ○ 꿈, 땀, 힘 / 박인규 ○ 바람과
술래잡기하는 아이들 / 류현주 외 ○ 어서와 주식투자는 처음이지
/ 김태경 외 ○ 신의 속삭임 / 하용성 ○ 바디 밸런스 / 윤홍일 외
○ 일은 삶이다 / 임영호 ○ 일본의 침략근성 / 이승만 ○
뇌의 혁명 / 김일식 ○ 멀어질 때 빛나는: 인도에서 / 유림

행복우물 출판사는 재능있는 작가들의 원고투고를 기다립니다
(원고투고) contents@happypress.co.kr